U0027911

夜不語
詭秘檔案

夜不語
詭秘檔案

夜不語

詭秘檔案117

Dark Fantasy File

塵世道

夜不語 著

Kanariya 繪

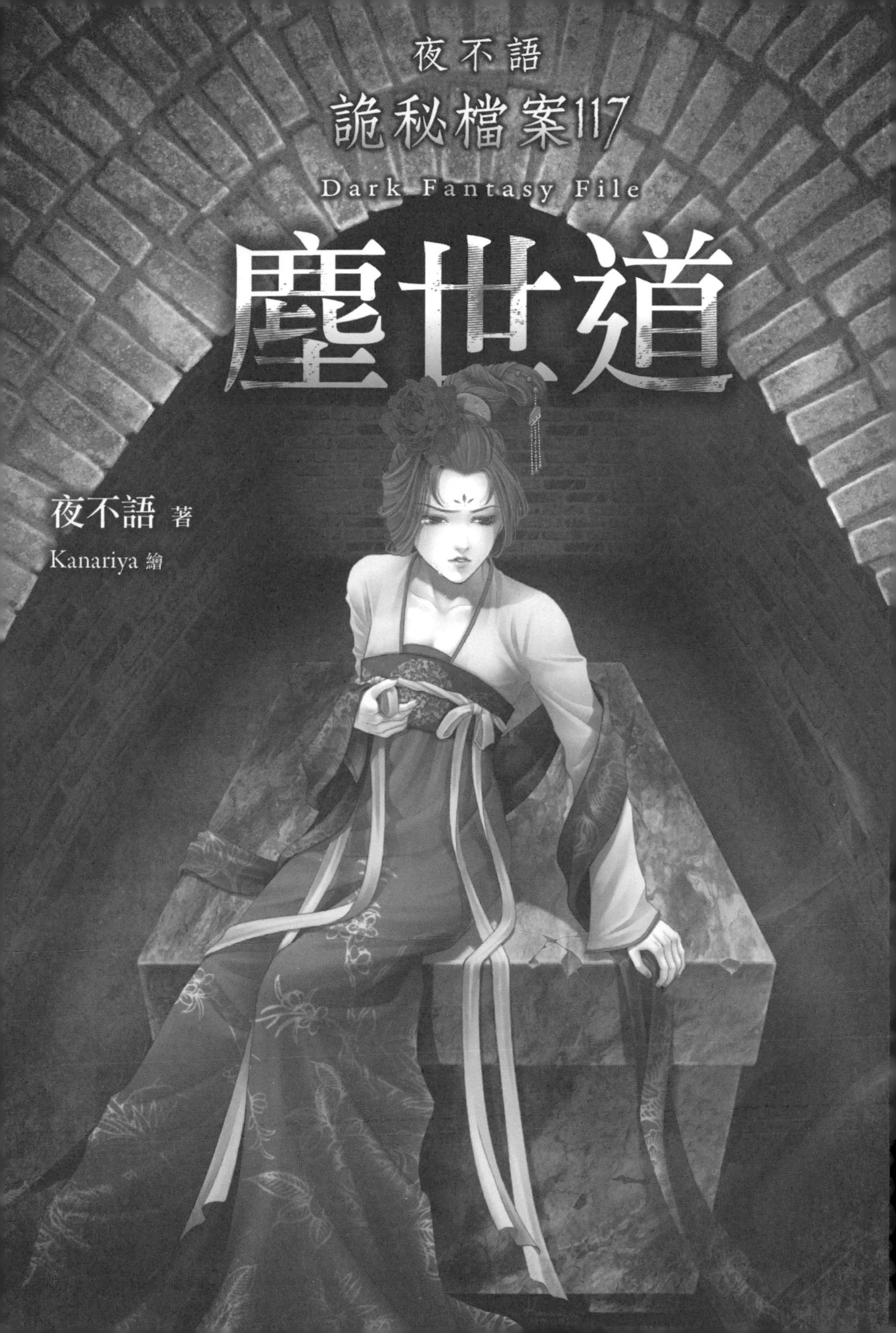

CONTENTS

自序

天氣回暖了。

昨天卻猛地吹起了一陣妖風。

成都的大風和太陽一樣很少見，因為盆地的緣故，四周都被高達四千多公尺的高山環繞。在這個溫暖濕潤的盆地中，很少有風吹得進來。

有風就代表空氣品質會好很多。

我一早起來，伸了個懶腰看向窗外。被風帶來的還有小雨，一下雨，整個成都就會陰鬱無比。

樓下的公路和公園，開始張燈結綵。

喔，農曆年快到了。

我幾乎快要忘記，再過幾天就過年了。

今年的年味很淡。幾分鐘路程外的老街，每每到這時候，早就掛滿了紅紅火火的燈籠和彩燈。叫賣聲此起彼伏，充滿了濃濃的市井氣息。

可今年老街還是那條老街，卻冷清了許多。

其實從二〇二〇年一開始，一切節日的氣氛就都變淡了。或許是疫情的影響，又或許這個世界過於忙碌，讓人忘記了假日的存在。

小時候挺喜歡過年的。

因為可以放各式各樣的鞭炮、用水雷炮去河裡炸魚。那時候熊孩子的快樂，真是既簡單又單純，雖然通常伴隨著小動物們的無辜慘死。

現在，城市禁止放鞭炮了，而河道也因為整治，在底部鋪上厚厚的水泥。河水雖然乾淨了，但因為缺少了來自泥土的養分，魚類也變少。

蝦蟹更是絕跡。

再來說說這本番外篇《塵世道》吧。

這本書是我二十多歲那年寫的，不用掐指算，也過了十幾年。

這十幾年變化的不只是我，還有我所住的城市。

我變老了，城市倒是變得更加嶄新了。一排排的低矮建築被拆除，取而代之的是拔地而起的高樓。

隨著高樓的到來，卻是小確幸生活的徹底消失。

成都本應是恬靜閒暇的小城，但現在，人們的腳步變得匆忙。路上時有人在拚命奔跑，彷彿在和前程較勁。

這場景在我寫《塵世道》時，是從未有過的。
十多年，成都是真的變了。
新的一年，請繼續支持我喔。
麼麼噠。

夜不語

楔子之一

　　夜很深了。月光淅淅瀝瀝地灑在精緻的花園裡，是說不盡的甜蜜。銀光下，一對情侶互相依偎著坐在噴泉旁。

　　「慕白。我愛你。」女孩深情地望著身邊的男子，她絕麗的臉龐帶著一絲苦惱。高慕白微微地笑了，他低下頭輕吻著這女子的嘴唇，聞著她身上芳熱撲鼻的幽蘭體香說道：「我也愛妳，小雅。」

　　「但是你知道。母后就要把我許配給薛紹了，可是我只想嫁給你，做你的小女人、小妻子。」

　　「妳是說那個風評很好的大唐之虎薛紹？全國每個人都認為他是個君子呢。」

　　「慕白！到底你明不明白我在和你討論什麼？我就要被送人了，你能不能表現得緊張一點！哼，竟然還在讚揚你的情敵！」令月噘起小嘴，並狠狠地掐了他一下。

　　「哇，痛痛！是！是！我的公主。」高慕白那張天塌不驚的臉立刻變成丟盔棄甲的樣子，忍著笑說道：「那您想我怎麼樣呢？我相信冰雪聰明的公主一定已經用妳那條柔韌的舌頭說服了皇帝陛下答應妳某些條件了吧！」

「嘻嘻，人家就知道騙不了你。」令月公主甜甜地笑道：「我告訴母后人家不想嫁給一個弱者，如果薛紹想要娶我的話，就要堂堂正正地將我指定的勇士打敗。嘿，當然那個勇士就是你了。慕白，你把薛紹那個王八蛋踩在腳下後，我再請求母后讓我嫁給你。那時我們就能永遠在一起了！」

「妳認為我一定會贏嗎？」高慕白輕輕地用手指梳理著她的柔順長髮。

「你認為自己會輸嗎？」令月轉過頭望著他。

高慕白深深地看著這位絕麗的女子，突然哈哈大笑道：「我，高慕白。今年二十二歲，未婚。我這一生只有兩個願望。一是要娶李令月公主為妻子。二是要做令月公主唯一的男人、最後一個丈夫！」

「慕白！」令月熱淚盈眶，她緊緊地抱住這個有生以來最愛的男人，久久也不能言語。

「慕白！」突然她也笑了起來，笑得不盈一握的腰都彎了下去。「五天後當你出現在皇宮，然後再把大唐第一勇士兼首席劍手薛紹幾劍打發掉時，那個自認為很愛才的老頑固一定會震驚得跌掉鼻子。呵呵，自己的帝國裡竟然出現了一位這麼厲害的英雄人物，而她居然一點也不知道。你說是不是很可笑呢，慕白？」

令月公主抬起頭望著無星的夜空輕輕說道：「好希望那天快一點到來。那樣我就是你一個人的小妻子了……」

武周十四年四月十三日，歷史上並沒有任何記載指出默默無名的劍士高慕白和大唐帝國第一公主太平公主李令月在皇都洛陽私訂了終生。而且任何人也絕對想像不到的是，就是因為那晚的約定引起了許多年後一連串撕心裂肺的悲劇、一連串轟轟烈烈的陰謀與政治戰爭。那場悲劇殘酷的影響之大，即使是在千年之後依然被人惋惜著……

楔子之二

還是那一抹銀月，不過已經偏西了。高慕白跳出皇宮的城牆，突然感到有一種奇怪的氣氛。劍氣！他在空中奮力一點，用內力借空躍升，險險地避過這一道無聲無形的劍光。

「是誰？」他橫劍在前小心地護住身體，朝劍氣的方向望去。萬籟俱寂，並沒有任何人影。奇怪了！他思忖著。自己沒有仇家，為什麼會有人用如此毒辣的劍法對付自己？如果不是他躲得快，恐怕早就被一劍兩斷了。

劍光一閃，一股刺骨的寒氣從背後逼來。高慕白猛地用劍一掃，只聽「噹」的一聲，自己的劍竟然在空中發出了金屬撞擊聲。但四周還是沒有任何人影！不容他絲毫猶豫，身旁的劍風越來越快，刺出的角度也越來越陰險。高慕白幾乎全靠感覺，條件反射的揮劍抵擋這一連串看不見的攻擊。

突然他停了下來，一招「金光突現」掄動劍光朝四面八方刺去。隱形人沒料到有此一招，被劍光打了個措手不及，狼狽地向後退去。只見高慕白人影閃動，一瞬間就飛出數十米，消失在茫茫的夜色中。

「好厲害的傢伙！」隱形人緩緩地現出形體，只見這個人大約二十四歲上下，皮膚細白，一頭烏黑的長髮披散在肩上，臉龐更是英俊得令人討厭。但也是這張帥臉正死死盯著高慕白消失的方向，一隻手按住了被劍氣劃傷的胸口。如果現在偶然有人見到他的話，一定會驚訝地叫出聲來。這個人竟然就是京城男女老少都十分敬仰熟悉的第一高手兼明星帥哥薛紹！

「沒想到世界上真有這麼厲害的人。」一個黑衣人從黑暗得有些黏稠的夜色裡走出來。

「幸虧我穿了金縷衣，不然那一劍肯定會讓自己不死也要躺上幾個月了。」薛紹摸了摸自己的胸口，「不過這件價值連城的金縷衣竟然被那把平平無奇的青銅劍劃破，真是強悍到驚人的劍氣！而且，哼，剛才你為什麼不出手幫我？」

黑衣人淡淡地說：「以那樣的實力，就算你的劍術再加上我的術法恐怕也不能留下他，更何況是想要他的命了。」

薛紹哈哈笑道：「真是擔心五天後的比武。如果沒有意外，我最多能在他的劍底下走五招。」

「那你要放棄公主？」

「公主？嘿，那女人我可是勢在必得。」薛紹嘿嘿笑道：「你知道嗎，墨斗。如果有一個人可以長久的保持良好的聲譽的話，那麼就只有兩種可能。要麼他是真正的君子，要麼就是個真正的小人。嘿，你認為我是哪種人呢？」

「你說呢？」黑衣人的聲音還是那麼冷，不過卻明顯有了笑意。兩人各懷鬼胎地對望一眼，一種刺耳的笑聲立刻在空氣中傳開，劃破了夜的恬靜。

武周十四年四月十三日，距京都洛陽七十公里外的萬家村遭到了一群奇怪匪徒的攻擊。這群匪徒真的很古怪，他們並沒有忙著搶劫，只是在村子所有可以隱匿的地方藏起來，就像伏擊獵物的獵人一樣，靜靜地等待著某個人的出現。

當血一般的朝霞隱隱出現在東方天際時，某個人真的出現了。高慕白提著一大包東西走進村子，他大聲喊道：「寶兒，你猜我給你帶什麼回來了。」

但那個每次總會第一個從屋裡活蹦亂跳地跑出來迎接自己的小男孩並沒有像往常那樣出現，他甚至聽不到任何人發出的聲音。偌大的村子彷彿已經變成了一座鬼城。

高慕白不死心地又叫道：「寶兒，是酥糕哦，你再不出來我可要把它吃光了！」

依然還是萬籟俱寂，只有他的回音在四處蕩著。一絲不祥的感覺劃過腦海，他丟下手裡的東西飛快朝村裡衝去。

突然，一道如同毒蛇的劍光扭曲著從路旁的木桶裡飛出。高慕白抽劍一點，將劍蕩了開去。轉身如風般刺向木桶。還不等劍靠近，身後無數根熾熱的火矢已然向自己炸過來。

至少有四十個神箭手。他思忖著，一招「萬籟俱瓦」將劍光分散為千萬道，只見每一道劍光都正好擊破一顆火球。左手也沒有停頓，在地上抓起幾顆石頭朝那個木桶擲去。

那個看起來根本就藏不了人的木桶頓時被打得粉碎，有個人影狼狽地滾了出來。

「好小子。」那個人大吼一聲，飛快地掄開劍從一個十分刁鑽的角度向高慕白砍來，高慕白顧慮神箭手的襲擊，往後稍稍跳開，右手一揮劍，猛地無數道金色劍氣向四面八方射出。剛才在那些神箭手射出火矢的一剎那，他已經清楚地發現那些傢伙藏匿的地點。頓時只聽一陣陣慘叫聲不絕於耳。四十多個黑衣人就像火燒了屁股一般迫不及待地竄了出來。

金光乍現？看來這次要做虧本買賣了！那個人暗暗吃驚，突然停下攻擊大聲道：「高慕白，你想不想要那些村民的命了？」他故意壓低嗓子，似乎在害怕被認出原本的聲音。

「你們把那些人怎麼了？」高慕白厲聲問。

「別擔心。他們還活得好好的。」那個人嘿嘿笑道：「不過只是現在而已。他們的命就全看你的表現了。」

「哼，你們想要我做什麼？」高慕白皺著眉頭。自從兩年前來到這裡後他一直都隱藏著自己的實力，也從來沒有惹過任何麻煩。但為什麼這幾天竟有那麼多人衝著自己來。真是讓他頭都大了。

「其實只是想和你談一筆買賣罷了。」那個人毒辣地望著他，「只要你挑斷右手的筋脈，並立刻離開大唐，三年內不准踏入大唐境內一步。我保證會放掉所有的村民。」

高慕白大吃一驚，臉上卻沒有絲毫表情地說道：「為什麼我要答應這個條件。」

「嘿嘿，因為你是君子。」那人說道。

高慕白仰天大笑：「你太看得起我了。可是你有沒有想過，君子可能只是我裝出來的樣子？說不定我會絲毫不受你們的威脅，等看出端倪後，再一個一個把你們全部殺掉？」

說話間，他已經像風一般的動了起來。他的劍劃著弧形，準確而有力地向那個蒙面黑衣人頭領的脖子刺去。但劍卻在就要碰到皮膚時堪堪停住了。那個人絲毫沒有動，就像算準了他不會下手一樣。

「看來他們果然在你手裡。」高慕白有些頹然。

這些人似乎用了相當長的時間研究過自己的性格。他們之所以這麼有恃無恐，恐怕是因為他們知道自己那風馳電掣的一招只是用來判斷真假而已。如果那傢伙有絲毫慌張的話，自己的劍早就劃開他的血管了。但也間接證明他們並不是恐嚇，事情更讓高慕白頭大。難道自己真的只能照那個條件做嗎？

武周十四年四月十八日，太平公主比武招親，如同所有人預料的那樣，大唐第一劍手，城陽公主的兒子薛紹拔得頭籌，順利迎娶太平公主李令月。

聖神皇帝武則天為了顯示對自己女兒的無比寵愛，召集長安城幾乎所有的轎夫抬著她送給女兒的嫁妝，並下令全城所有人停業一天聚集在大街兩旁觀看，紅包糖果之類的自然是少不了的。據說當時單是被從天而降的密密麻麻的銅錢和蘋果什麼的擊中，並立即給埋進去活活憋死的市民不計其數，場面壯觀程度可想而知。後來因為那些東西量實在太大，難以及時清理乾淨，日子一久，都在街頭爛掉了。所以整整一年的時間整個長安城上空就都籠罩在那種果肉發酵散發出的醉人的果酒氣味當中，三年之後都還有人能用手從地上一堆大便樣子的東西裡摳出銅錢來。

不過，這又是後話了。

第一章 畫皮

有人說，這個世界的一切都是公平的。但是真的能公平嗎？

從前看《壇經》，記下了這樣一個故事：一天，一群和尚閒來無事，在廟門前散步。有一個叫印宗的和尚指著廟前飄動的幡問眾人，是風在動，還是幡動。眾和尚聽後議論紛紛，有的說是風吹幡動，有的說是幡動風吹，莫衷一是。此時，一個叫惠能的和尚答道：「不是風動，不是幡動，是仁者心動。」這一回答使眾僧大為吃驚，認為道出了禪宗的真諦。

但如果要我來回答，我的答案一定很絕對，也很膚淺。

那，一定是幡在動。因為我看見了幡在動。

就如這個世界，原本就沒有公平一樣。

時值景雲三年，六月初八，大利向西，避災禍，善入土。

這裡是邊陲之地奉荒山，大唐最貧瘠荒涼的地方。突然，一陣煙塵在遠處出現。只見數十匹馬飛快地向這裡狂奔過來。但馬上的漢子似乎還是嫌牠跑得太慢，一個勁地在牠屁股上抽打著。馬長嘶一聲，終於口吐白沫地倒在了地上。

「就在這裡。」一個像是領頭的人跳下馬掃視了一下四周。奉荒山雖然大，但大多是黃土地，沒有什麼高大的植物，有的只是些稀稀疏疏的灌木和要死不活的棺材草。他來到山崖下，撥開一叢並沒有什麼異常的棺材草，頓時一個洞口顯露出來。

「抬進去。」那個頭領揮動手臂，剩下的十餘個人立刻將一口沉重的大箱子扛在肩膀上，和他一起走了進去。穿過那個不大的洞口，所有人的眼前一閃，視線頓時豁然開朗起來。洞裡赫然是個很大的空間，空氣和光線都很充足，洞壁邊還放著許多口大箱子，那是歷年來斧頭幫搶奪到的東西。不過由於現在的年頭實在不景氣，裡邊那些值錢的物品大多都被拿走了，而幾十年前叱吒風雲的斧頭幫在風頭正盛時，卻突然不知所蹤。

只是不知為何，這群人會來到如此偏僻的地方，也不知那口箱子裡究竟放著什麼東西。但很顯然，他們將那口箱子裡的東西看得珍如生命。

「王老四，你敢用命保證這裡的安全嗎？」頭領仔細地打量四周。

那個叫王老四的乾瘦漢子用力拍著自己沒幾片肌肉的胸口，「老大，以本人閱洞無數的經驗來看，這地方用來藏東西剛剛好。沒幾個人會到這種偏僻的地方來。」

這句話剛說完，突然感覺一陣天崩地裂的劇烈震動，整個洞穴都在那種震動中搖晃不定。所有人全部抱頭倒在地上，任震動將自己的身體向四周亂拋。

這種地獄般的折磨不知過了多久，天地間終於平靜下來。又過了許久，那群人的頭領小心翼翼地從臂彎裡探出頭，胡亂用手將頭上的血跡擦掉。

「起來，都給我滾起來。媽的，全都是些吃閒飯的鬼樣！」他將手下一個接一個地踢起來，又氣惱的狠狠在王老四屁股上補了一腳。「老子的，你娃子還說這裡安全。靠，安全得就差把命給耍掉了。」

「老大，那是天災，是地震。」王老四委屈地摸著屁股。

「天災你個頭，我們偷草幫從來就不幹傷天害理的事，怎麼會引來天災！」那頭領氣不打一處來地說著又踹了他一腳，「給我滾那邊跪著去，見你就心情不好。」

王老四可憐巴巴的真跑角落裡對著牆壁開跪，一邊向下跪一邊小聲咕噥道：「這個死老鬼，明明就是自己心虛。偷草幫，嘿，要偷草幫真能幹得了傷天害理的事，也不會淪落到現在這種下場。」

就在他跪下的一剎那，面壁的那堵山壁猛然發出一陣陣奇怪的響動，然後硬生生地崩塌。一時間塵土飛揚，迷花了所有人的眼睛。

偷草幫的頭領咳嗽著用手在鼻子前揮舞，等到灰塵散盡，正要罵人，突然整個人都呆住了。王老四正震驚著自己的一跪之威居然能強悍到如此地步，剛要得意地冒上幾句客套話以表現自己絕世的跪功，抬頭見，也是全身都僵硬起來。

只見那堵倒塌下來的地方，居然露出了一個山洞。這還不是令人驚訝的地方，畢竟別有洞天這種小事情在普通人的常識裡早就不算什麼新鮮玩意兒，但如果那個洞稍微有些特別之處呢？

有趣的是，這個山洞中的山洞就有點特別。洞口蜿蜒曲折，不知道有多深。由於外邊的山洞並不密封，洞壁上會有大量的縫隙透入光線，所以山洞裡採光極好。但那個新洞卻十分怪異，光線投射進去，就如同被吞入肚子裡一般，沒多遠就消失得無影無蹤。以至於令人看不清楚裡邊的景象。而且洞裡還不斷地向外冒出刺骨的寒意，令人渾身發冷，詭異莫名。

王老四離洞口最近，不由自主地打了個冷顫，清醒了過來。「老大，這個洞怎麼回事？」

眾人也從發呆狀態中回神，頭領稍微打量著那個山洞，不知道心裡在想些什麼，許久才道：「我們進去看看。」

「老大，這個洞恐怕有些古怪！」王老四皺起眉頭，「我閱洞無數，還從沒有見過這種透著邪氣的地方。」

「那夥人一定要我們將東西存放在這裡，拿人錢財予人消災。我們這種小幫小派，要存活下去就只有靠信譽！」頭領微微嘆了口氣。其實他也千萬個不願意進去，一見那地方就知道是凶煞的陰處，說不定就藏著些不乾淨的東西。但委託他的那群人更不好惹，他這個幫派雖然小，但源遠流長，自己見過的人更是形形色色。然而沒有一個人能讓他打心底裡冒出寒意。但那夥人，每一個都能。而且他們的主子穿著黑色的中性衣服，用帽子蓋著頭，由始至終沒有說過一句話，自己也看不出是男是女。

不過有一點卻能肯定。能夠讓那麼多的高手為自己效力，絕對是權勢滔天的人，自己的幫派惹不起。他要滅了自己，不比捏死一隻螞蟻累多少。

所以這個委託不能出差錯，否則，全幫的人絕對都會死，而且死得很慘。

他轉過頭喊了一聲，「老三，去外邊弄幾根火把進來。」

將外邊撿來的樹枝做成火把，人手一根點燃，頭領一揮手，帶著手下十幾個人小心翼翼地朝洞裡走去。

剛進洞口，就感覺渾身發冷。洞裡又陰寒又潮濕，那股怪異的寒氣迎面吹來，直接就衝入了骨髓裡，凍得人在三伏天裡不由自主地猛拉短薄的外衣。

頭領咬緊牙關，命令所有人都悄悄地潛行，不准發出任何聲音。他當頭一個在前邊走，手中的火把在寒風中搖曳不定，彷彿隨時都會熄滅似的。

洞很幽深，很窄，只能容一個人勉強通行，而且突如其來的轉折點也多，但幸好來來去去也就只有一條通道，不容易迷路。

越往裡邊走空氣越是寒冷。不知從何時起，四周的氣氛變得怪異起來，雖然有光亮，還聽得到周圍人的輕微呼吸，但他總覺得像是孤身一人，所有人都死絕了。不但如此，還有一種沉重的壓抑死死地壓在心臟上，似乎再向前走一步，就是萬劫不復的絕路。

但腦袋裡更清楚，如果不把四周的環境查探好，讓貨物出了問題，後果恐怕比死還慘。沒有退路了，只有向前走，不斷地向前走。

不知過了多久，一行人冷得實在受不了，王老四小聲提議道：「老大，這麼冷的鬼地方，哪有什麼人會藏在裡邊。你看，這一路都是往下走，難不成這條通道直接通到地府裡去了。」

後邊的人一聽，再也忍不住了，紛紛恐懼地停下腳步。

「放屁。」頭領低喝了一聲，「地府哪裡是平常人能到得了的。」

「但這處陰風陣陣，和地府的光景也差不了多少了。」王老四道。

頭領轉過身給了他一巴掌，「說得活靈活現，你去過地府？」

「幸好還沒那個榮幸。」王老四摸了摸臉，委屈道：「但這樣下去也不是個辦法，老大，你看兄弟們，功夫差點的都有好幾個凍傷了。」

頭領思忖了片刻，內心稍微動搖起來。「確實，這樣也不是個辦法。好，我們再向前走一刻鐘，如果還是走不通，就回去。」

眾人大喜，這才勉為其難地繼續向前走。

這次沒走多久，眼前一空，居然有個空曠的山洞露了出來。這個洞不知道有多大，只是十多支火把的光亮也沒能照出個大概。

眾人走進去，只感覺身體一暖和，通道裡刺骨的寒冷居然在這地方消失得無影無蹤。頭領高舉著火把向四周望去。只見四周空蕩蕩的，洞壁光滑，似乎有人工打磨過的痕跡。

「難道這裡真的有人住？」他皺起眉頭，吩咐手下將整個地方搜一遍。但王老四卻留在原地沒有動。

「你留在這裡幹嘛？」頭領疑惑地問。

「老大，總感覺這裡透著邪氣，不是一般的古怪。」王老四打量著四周，「你看，洞壁上到處都有抛光的痕跡，而且最奇怪的是，這裡的溫度和外邊差不多暖和。按理說這鬼地方終年幽深見不到陽光，會陰冷無比才對。何況通道那處也出奇的冷。說不定，有不對勁的地方。」

「廢話，老子我當然知道。但又有什麼辦法。」頭領嘆了口氣，「你也清楚，那夥人我們惹不起。當初就不該接這樁買賣，現在後悔也來不及了。也怪我當時貪財。」

「那不如……」王老四正要說話，突然遠處傳來一陣尖銳的驚叫。頭領猛地拔出刀，腿一點，飛快地向那個方向跑去。

「老久，怎麼了？」他緊張地警戒著四周。只見老久面相痴呆，不知道看到了什麼東西，正一動不動地呆在原地，手直愣愣地指向不遠處。

他順著老久手指的地方望去，頓時也呆了。就在離自己幾丈遠的地方，堆著密密麻麻的骨架，人的骨架。雖然自己手上沾的血也不少，但眼前驚人的數量也足夠自己恐懼了。一堆一堆的人類骨架就那樣擺著千奇百怪的姿勢倒在地上，在火把黯淡的光芒裡，泛出白森森的幽幽顏色，觸目驚心。

頭領打了個寒顫，沉著臉什麼也沒有說，只是蹲下身察看了幾具就近的人骨。這些骨頭還算保存良好，看來也不過死了幾十年。手上拿著兵刃，身上穿著衣物，沒有明顯的傷痕。又看了幾具，也是差不多的情況。想來這裡死掉的上千人都是一個樣。沒有明顯的傷痕，但那些人臨死前卻都緊緊地握著自己的兵器，似乎如臨大敵的樣子。但他們卻沒有受傷。奇怪，這裡的上千人究竟是怎麼死的？

不知何時，王老四也蹲在了他身旁，他用手挑起一件衣服，仔細地打量了一番，滿臉止不住的驚訝，結結巴巴地道：「老大，這些人有、有、有問題。」

「死掉的人，有個屁問題。」頭領衝他頭上就是一掌。

「真的有問題，這些人都是幾十年前黑白兩道通吃的斧頭幫眾。」王老四喊了一聲。

頭領的心又是一沉，抓住王老四的脖子喝道：「你確定。」

「確定。」王老四肯定地點頭，將手裡的衣服遞過去。「你看衣服上縫的記號。」

就著火把昏暗的光芒，他看到那衣服上果然模糊地縫著兩把交叉的斧頭，確實是五十年前輝煌無比的斧頭幫的標誌。難怪號稱有一千多名高手的斧頭幫會在最高峰時突然消失得無影無蹤，原來是全都死在了這裡。

有古怪！非常古怪！究竟是誰，什麼勢力殺掉了他們？不但殺了一千多人，還沒有在他們身上留下任何痕跡。看屍骨的姿勢，明顯呈現緊張狀態，不像是餓死的。也就是說，他們並沒有被人封在洞穴裡。

難道，古怪的根本就是這個洞穴？

就在這時，又有一聲尖叫傳過來。

頭領又是身體一竄，飛快地跑過去。只見手下一人呆立著，身前不遠處有一個古舊的船形磚室墓群，大約有二十多個左右。所有墓葬都是青石磚頭雕刻成，和地下的岩石融為了一體。仔細看了看，應該是工匠將整個青石墓葬全都埋進岩石裡，只是不知道鑲入了多深。

這個形制酷似小船的墓葬呈南北方向有序排列，頭領仔細打量了一番發現，這些多為單人單室，少數是雙人合葬，規格也幾乎都一樣。全都長兩到三丈、高一丈、南端寬五尺、北端寬九尺、腰部也有七尺開外。

王老四驚訝地走過去檢查了半晌，好半天才緩緩道：「老大，這些墓葬的砌築形式基本相似，但在微妙處分成了三種。第一種南端窄小，腰部向外鼓出，北端稍微寬些，墓口封磚砌出三角形船頭的形狀。第二種南北兩端寬窄差不多，腰部兩側略微向外弧，墓口封磚砌出三角形。第三種是第一種的放大，只不過在北端的東邊一側砌有短墓道，墓道口的封磚也是砌作三角形。我看應該是漢朝中期所建的。」

頭領點點頭。這個王老四雖然為人齷齪，但從前幹過盜墓的勾當，對這些玩意兒非常熟悉。但為什麼斧頭幫的人，會猝死在漢朝的墓穴群裡？

他再次仔細地觀察。這些墓葬砌築形式確實基本相似，墓底至兩到三層磚高時便開始向內收，上收至兩側墓壁相距約一尺快要合攏時，在寬縫中用半截磚頭斜插其間鑲實，加上墓口三角形的封磚，使這類墓葬猶如一隻倒扣在地的小船。他用力掀開就近的幾個墓室，只見裡邊陪葬品除了墓主人隨身所繫腰帶上的銅釦件外，一座墓中僅有一兩件陪葬器物，如細頸陶瓶、銅鏡、三彩缽和一些銅錢等。

但怪異的是，每個墓裡都看不到墓主人的屍骨。

頭領皺了皺眉頭。怪了，怎麼墓裡最重要的東西偏偏找不到。難道這裡早有盜墓者光臨過？不可能，真有盜墓的，斷然不會放下值錢的陪葬品不拿，冒著忌諱只將完全沒用的屍骨拿走。

他又弄開幾個墓穴，依然也是一模一樣的情況。

王老四慢吞吞地圍著這個墓葬群走了一圈，似乎看出了點端倪。他的臉色陰晴不定，呼吸急促地說道：「老大，這處地方，讓我想起年輕時聽到過的一件事情。不知道該不該說。」

頭領瞪了他一眼，「說。」

王老四這才惶恐地望向那個墓葬群，「那時候我才十三歲，當時跟了一個師父做勾子生意。所謂勾子，老大很清楚，就是盜墓。師父帶著我到了大理的一個地方，說是要去幹大買賣。到了地方，將我留在客棧，就獨自走了。

回來後他給我講了那個事情。

當時是一個夏季的傍晚，山裡的雷聲一陣緊似一陣地響起，一場暴風驟雨即將來臨。為了找前朝大理王墓穴獨自進山的師父不由得加快了腳步，山裡的雨來得快去得更快，當時淋濕了就容易染病。他要趕緊找個地方暫避風雨。大山裡通常會有很多洞穴，師父在草叢中尋找著，不久果然發現了一個小小的洞口，他急忙走了進去。洞中漆黑一片，地面上也坑坑窪窪，但洞裡彷彿有種神奇的東西吸引著師父向前走去。

就在火光照亮前方時，師父驚呆了，山洞深處顯現出一些黑漆漆的船狀東西。再定睛細看，師父辨認出這些都是磚頭堆砌起來的墓穴群。就在師父大喜時，突然心裡很不好受，好像受到了更大的驚嚇，他莫名其妙全然不顧外面的狂風暴雨，跌跌撞撞跑出了山洞。就像山洞中的墓葬群並沒有什麼金銀財寶，而是些更加詭異的物品，竟使得他這般驚恐萬狀。

那座墓的地點就在大理州東南的巍山縣附近，具體的位置師父並沒有告訴我。也許是因為受了驚嚇和淋了雨水，師父他老人家回家後便一病不起，不久就去世了。在他彌留之際才告訴我那個墓穴群的事，並囑咐我如果遇到那種墓葬，千萬不要打開，有多遠逃多遠。但究竟是什麼原因，他老人家至死也沒有說出口。

我一直都有個猜測，或許是這種墓穴並不是用來埋葬死人的。而師父更是看到了不該看的東西。」

王老四指了指不遠處的墓葬群，「您看，這個墓葬和我師父描述的一模一樣。我仔細察看過了。前後一共二十八個墓葬，呈一圈一圈錯落的圓形拱衛著最中央的第二十九個墓穴。周圍的墓穴裡沒有屍骨，只有陪葬品，像是守護，更像是一個陣法，將最中央的墓室困住。恐怕，那裡邊真的有些什麼不乾淨的東西！」

頭領心裡不由得一寒。墓葬這種東西本來就是死人用的房子，沾染上就已經很倒楣了，更別說這種規模的墓葬，非富即貴，主人家下葬後，通常會派人將屍骨放進早就修好的墓室裡，這個秘密只有繼承人才知道。而那個秘洞，那個墓室所在地，為了不讓盜墓的人發現自己埋骨之處而打攪自己的安寧，會先派第一批人把屍骨儲存收藏好，埋好以後，再派第二批人，把知道這個洞穴所在地的人殺掉，殺掉以後，這些都會變成永遠的謎。

甚至有的富貴人家還會在墓穴裡故意留下鎮墓的妖物，殺掉闖入墓室的一切生物。恐怕斧頭幫的人就是死在這種妖物手上。只是，能殺盡一千多位高手，而且還不在屍骨上留下傷痕的怪物，究竟會有多可怕。光是用腦子想像，就足夠令人心驚膽寒了！

這地方，果然不是能夠久待的場所。

頭領當機立斷，大喝了一聲：「聽令，所有人，都給我撤！」

一眾手下早就受夠洞裡詭異的氛圍，一聽到撤字就一窩蜂地湧向出口處。但沒走幾步，就聽到通道裡有驚呼聲傳來。頭領分開眾人走到了前邊，常年鎮定的臉頓時變了色。只見不遠處的通道，居然全都塌了下來，將整個出口堵得嚴嚴實實，就連條縫隙都沒留下。

「全都退開！」頭領猛地拔刀，運氣，一招「撥雲見日」沉厚地劈向大塊的岩石。

一陣灰塵飛揚，烏天黑地的老半天才落下，視線所接觸的地方，被堵的通道依然被堵著，雖然那塊大岩石已經被砍得粉碎，但剩下的開洞工程，也遠遠不是這裡的十幾個人能應付的。而且，既然已經坍方過，就還有繼續坍塌的危險。這裡，非常不安全！

頭領微微嘆了口氣，苦笑，反手提著刀退了回去。「往回走，大夥先在洞裡找找看有沒其他出口。」

恐怕，這已經是最沒辦法的辦法了！

十多個人分為五組，為了節省火把，三人一組，輪流點著一支火把。然後散開向洞裡的各個位置，探查有沒有別的出口。頭領帶著王老四在墓葬群附近徘徊了多半個時辰，也沒有看到有手下帶著好消息來找他，看來想要出去，還要想別的辦法。

「王老四，你勾子行當幹得多，說說看有沒有想法？」頭領靠在一間墓室上問道。

「我不清楚。」王老四看了看四周，「一般修墓的都會防著主人家起滅口的心思，多半會給自己留下一條保命的通道。但這個墓葬群修建在山洞裡，而這個山洞又深埋在山腹中的地底下不知道有多深。人力不可能修一條通道出去。」

頭領嘆了口氣，「你的意思是，這只剩下一條死路了？」

「也沒個準。」王老四又道：「老大，看這裡溫度和外邊的差不了多少，恐怕暗處有些通風口。既然能打通風口，就很有可能打出條通道。」

頭領眼睛一亮，「這麼說，我們活命的機會在五五之數？」

「應該更高些。」王老四小聲說：「一般通道都在墓室的下邊，這樣監工才不會發現。我們一座一座找，總會找出些端倪。」

「不錯。」有了活命的機會，頭領頓時興奮起來。「你去東邊，我朝西邊，將所有墓室都找一遍。找到了，副幫主的位置就你的了！」

王老四大喜，樂孜孜地朝東邊走去。

頭領轉到西邊，緩緩地打量著附近一座又一座的墓室。這些玩意兒冰冰冷冷地矗立在周圍，散發著詭異的氣氛，令人不寒而慄。雖然明知道裡邊沒有任何屍骨，但總覺得一不小心就會有什麼東西從墓裡猛地冒出來。

越往墓群裡走，墓越顯得高大，而且更加詭異。墓裡依然沒有人骨，但陪葬品卻越來越珍貴，而墓壁上也不再是空空蕩蕩的。上邊用朱砂畫著許多看不懂的鬼畫符，看起來玄之又玄。不知過了多長的歲月，鮮紅的朱砂已經開始有些許脫落，顏色也變得蒼白起來。

心沉甸甸的，像是有什麼不好的預感。不是好現象！

不久後，他走到了最中央的主墓室前。只見有個人呆呆地站在不遠處，一動也不動，像是老久的身形。

「老久，你不去找出口，站這裡幹嘛？找死？」他喝了一聲。但老久根本沒有回答，只是呆愣地站著，死死望著墓穴的一角。

「臭小子，你究竟在幹嘛，給我滾遠點。」頭領一腳踹了過去，沒用多大力氣，只見老久哼都沒哼一聲，就那麼直愣愣地倒了下去。

「靠，你還跟我裝死！」頭領皺眉蹲下去想將老久扶起來，卻發現他的臉色蒼白，早已斷了氣。迅速檢查了一番，竟沒有外傷，一個活生生的人，居然就這麼死了。死因和不遠處的斧頭幫眾一模一樣。

頭領的心猛烈地跳個不停，飛快抽出刀向四周打量。這才發現，主墓室的門已經被人打開了。該死，早知道就約束好自己的手下。這群見錢眼開沒教養的混蛋白痴，這次真的被他們給害死了。

他緊緊地握著刀，一步一步緩緩地朝墓室裡走去。這間墓比所有墓室都大了不止一倍，黃金玉器珍稀珠寶放了一地，而正中央擺放著一具黃金棺材。這口黃金棺材長一丈，寬六尺，碩大無比。而棺材旁還躺了自己的一個手下，倒在地上一臉驚駭的樣子，但卻又像只是睡著了。用手探了探，果然早沒了氣息。

棺材蓋也已經被人打開，裡邊不住地向外冒著一陣又一陣的陰寒氣息，定睛看了一眼，卻什麼都沒看到。棺材裡空空蕩蕩的，什麼也沒有。

頭領的神經有生以來第一次那麼緊張，他對地上的珍寶視而不見，只是高度警覺著周圍的一切響動。但越在意，反而越是什麼都聽不到。這個洞穴雖然大，但是卻空曠，回音同樣大得驚人。剛才還能聽到自己手下走路時發出「沙沙」的腳步聲，現在已經完全停止了。四周一片死寂，彷彿整個世界，剩下的活人就只有自己一個了。

他緩緩地向墓群外移動，不知道過了多久才在不遠處看到了一個身影。是王老四，他背對著自己站著，沒有任何動作，就那麼站著。

「王老四，你還活著嗎？」他試探性的低聲喊了一句，沒抱多大希望。

「活著，沒死。」王老四回過頭來衝他笑了笑，聲音又尖又細，像是被什麼掐住了喉嚨。

「沒死就好，總算有個能說話的活人了。」頭領沒在意那麼多，深深地鬆了口氣。

「就不知道其他人怎麼樣了！」

「我知道。」王老四的臉孔一陣抽搐，似乎想要嘗試著做出痛哭的表情。「他們都死了！」

「那我們先找路出去再做打算，這裡不是久留的地方。」頭領嘆了口氣。突然感覺背後一陣惡寒，頓時手上刀一揮，撥開了一把像是兵器一樣正向自己背後刺來的物體。只聽見「噹」的一聲響，頭領飛快地往地上一點，在空中迅速回身，望著身後的王老四喝道：「王老四，你小子瘋了！」

「嘿嘿，他們都死光了，就剩你最後一個。嘿嘿嘿，看起來，味道還不錯。」王老四陰惻惻地拉長聲音笑著，頓時寒風陣陣。

「靠，你不是王老四，你究竟是什麼妖孽？」頭領曲刀護住身體，大喝。

妖怪懶得再回答，彎著爪子就抓了過去。頭領挽了刀，一招「霧裡看日」，將爪子防得滴水不漏。他原本使的就是以力氣見長的刀法，在爪子的碰撞下居然虎口隱隱作痛，那妖怪的力氣大得驚人。

打到厲害處，又用了一招「撥雲見日」，刀風頓時如同實質一般，將周圍的空氣全都攪動起來，亂成一團，帶著強烈的氣壓向妖怪砍去。刀風所過之處，那披著王老四皮的妖怪，表層一層一層地剝落，皮膚懸吊著被一些黏稠骯髒的液體一絲一絲地連在身體上，噁心得令人反胃。

裡層才是妖怪的真容，由於剩餘皮膚的遮蓋，還看不出個所以然，但說青面獠牙、面目可憎絕對是恭維了。

那妖怪見自己新得的衣服被弄破，顯然動了真怒。左抓一抓，四周的陰氣又寒了幾分。爪子上漸漸凝結出一股圓形的霧氣，它尖叫幾聲，用力地朝他扔了過去。

頭領抽刀拚死抵住，但一股巨力將他掀出了三丈開外。好不容易站穩，卻發現自己手裡空蕩蕩的，跟隨自己多年的金剛刀居然被那股霧氣腐蝕得只剩下一小點刀柄。

還沒等反應過來，就看到一張血盆大口飛快地衝自己飛過來，帶著驚人的氣勢越來越近。

罷了，看來死定了，真的不該貪心接下那筆買賣。在生命的最後一刻，他腦子有生以來第一次那麼透徹，嘲諷地笑著，認命地閉上了眼睛……

第二章　魔窟

鷹！世界上壽命最長的鳥類，牠的壽命可達七十歲。但要活那麼長，牠在四十歲時必須做出一個困難卻重要的選擇。那個時候，牠的喙會變得又長又彎，幾乎碰到胸脯；爪子會開始老化，無法有效地捕捉獵物；羽毛會長得又濃又厚，翅膀變得十分沉重，使得飛翔十分吃力。

此時的鷹只有兩種選擇：要麼等死，要麼經過一個十分痛苦的過程，就是一百五十天漫長的蛻變期。牠必須很努力地飛到山頂，在懸崖上築巢，並停留在那裡，不得飛翔。鷹首先用牠的喙擊打岩石，直到其完全脫落。然後靜靜地等待新的喙長出來。鷹會用新長出的喙把爪子上老化的趾甲一根一根拔掉，鮮血一滴一滴灑落。當新的趾甲長出來後，鷹便用新的趾甲把身上的羽毛一根一根拔掉。

五個月後，新的羽毛長出來了，鷹重新開始飛翔，重新再度過三十年的歲月！

而風獸，就是鷹妖化後的產物。極少數的鷹因為某些至今還無法弄清楚的因素，慢慢成長，突破七十歲壽命極限的限制。在五百歲時將自己埋入峭壁的某個山洞裡，再沉睡五百年，到時候還沒有死亡的話，就能脫胎換骨，進化到鷹類的終極形態——

風獸。

我面前，恰好有一隻風獸，而風獸的內膽，恰好很值錢。所以，它倒楣了。

「青峰，破刃箭，給本少爺上！」我大喝一聲，青峰滿頭飄逸柔順的悠長青髮頓時無風自動，無奈地用力朝地上一點，身體憑空扶搖直上，如出弦的利箭，飛快地朝頭頂那隻不長眼睛的風獸竄去。

風獸一見不好，雙翅急搧，附近的氣壓頓時如有實體般壓了下去，那股風壓極大，普通人要正面迎上，沒準要落個骨肉分離的下場。

青峰毫無顧慮，在空中用左手放在臉前一擋，右手快速劃了個圈，便有一層幽幽的青白光芒將整個手刀籠罩住。

「破刃箭！」他大喝一聲，右手上那圈青光形態陡然一變，變成利刃的形狀以迅雷不及掩耳之勢飛了出去，瞬間就將風獸的右翅砍斷。風獸慘叫一聲，就那麼掉了下去。

青峰等風獸掉落到自己附近時，在它身上踹了一腳，借力的剎那也將風獸的下落之勢緩和了片刻。他先一步落下來，然後又是往空中一躍，硬生生地用左手接住風獸龐大的身軀。長達十丈的風獸即便是緩衝得當，掉下來時依然掀起了陣陣強大的風塵，四周沙塵烏天黑地地被巨大的氣流揚起，老半天才沉澱乾淨。

「靠，死青峰，你小子不會找個好點的地方擺酷，是不是存心想壓死我！」本帥哥掙扎著好半天才從一堆羽毛中直愣愣地伸出手，還不斷咳嗽。該死不死的，看這東西在高空處就那麼小一個點，沒想到真掉下來足足有十多頭牛的大小，差點沒被自己的僕人害死。

咳，咳咳，照例先做個自我介紹。本公子就是夜不語，著名的妖怪專家（自稱）。為了世界的和平以及人類的和諧以及安定，帶著自己的僕人青峰、雪縈，持續在這個唐末亂世中與妖魔鬼怪戰鬥。當然，解決問題之後，也會略微地向熱情的委託人收取微不足道的報酬。我這人最大的缺點就是心軟，而且又善良，常常不忍心收取太多，所以至今還掙扎在貧困線上，為溫飽問題四處奔波勞累。唉，想在亂世中聚財也不容易啊！

（青峰：以上純屬瞎掰。）

這裡是邊陲之地奉荒山，大唐最貧瘠荒涼的地方。至於我來的目的，很簡單，當然是為了聚財。咳咳，不對，當然是受了委託，來處理一些拿人錢財與人消災的勾當。

不過首先，面前的風獸至少也值個千兒八百兩的，蒼蠅再小也是塊肉，收了先。我從懷裡掏出一張符紙，胡亂在空中比劃了幾下，大喝一聲：「天上諸仙，聽我號令，化乾坤為錦繡，封！」

符紙頓時泛出一圈又一圈的透明波紋，不斷朝風獸湧去，那隻風獸只是受到了不足以致命的小傷，正驚恐地看著我倆，就見那圈波紋襲來，拚命地搧動左邊完好的翅膀做無用工。透明波紋衝入它的身體，不久後它便以肉眼能見的速度縮小，越來越小，最後變成一塊只有拳頭大小，維妙維肖的風獸石雕。

青峰在一旁撇了撇嘴巴，「主人，明明你用的就是妖力，還好意思向天上諸神借法，當心那些老東西一時心裡不爽，降個天罰下來打您頭上。」

「切，沒見識。」我不屑地衝他搖搖食指，「諸天神佛只要用心請，在內心深處信仰祂，祂就會借法給你。那些老傢伙才不管你用什麼東西來跟祂們溝通呢。」

「哇！」青峰驚訝地瞪大眼睛，「這還是第一次聽老大您提起自己的信仰。原來像您這種遺臭萬年禍害鄉鄰到處調戲良家婦女的有痔青年，還是個虔誠的！」

我眉毛一挑，一腳踢了過去。「說的，我都有信仰了，這世界就真的乾淨了。屁話少給我放，快趕路。」

說完就跳到他背上，還順手從地上撿起一根枯樹枝，一搖一晃地像是在用馬鞭鞭策不乖的小馬。

「又要我揹您？」青峰苦大仇深地苦著臉，極度不滿意。「這一路上我都揹著您走四百多里地了，就算我是妖怪，也經不起老大您這麼折騰。」

「反了你，翅膀長硬朗了你，還敢給我嘴硬了！」我坐他背上悠閒地喝了口水，「這戈壁沙漠的，草都沒長幾根，帶來的馬匹早就死光了。你就忍心讓我這個柔弱的美少男用這副孱弱的身子走在這種荒涼到慘無人道的地方？」

「您放心，我絕對忍心。」

「狠心腸。」我幽怨地捏了個手印，「我這個記性，哎，老了，都忘了契約法術裡『塵埃羅定』是怎麼個用法。要不我一邊走一邊試試。」

青峰頓時打了個寒顫，側過頭來陪笑道：「老大，主人，您悠著點。能揹著您到處旅遊是青峰我上輩子修來的福氣，誰跟我搶，我跟他急！」

「喲，看你說的。小嘴是越來越甜了。」我眉開眼笑地又喝了口水，「你們大妖魔哪有什麼前世今生，從天地初開就隨著地氣產生。這不，肚子裡空空的，找個地方幫我弄點乾柴、小動物什麼的，烤來湊合著吃了，填填胃口。」

青峰：「……」（屏蔽不雅的詞語無數句。）

戈壁，在古語裡又稱「瀚海沙漠」。戈壁或戈壁沙漠在古文中有若干含義。

雖然戈壁在附近的吐蕃語中就是沙漠的意思，但在古語裡有時戈壁單指地表遍布石塊的荒漠地區，與以沙丘為特徵的沙漠相區別。但也有人把戈壁或戈壁沙漠用在任何沙漠上。

奉荒山就是在唐朝和吐蕃邊境處的沙漠戈壁中。

自從秦朝起，「大漠」一詞就經常在史書中出現。漢朝時漢武帝派大將軍衛青將匈奴趕到「漠北」。後來霍去病深入漠北至狼居胥山。北魏又把柔然驅出「漠南」。這裡一直都戰亂不斷，民不聊生，以至於有能力的人都逃難走光了。剩下的只有屍骨，以及橫行的妖物。

這裡的沙漠戈壁很有個性。沙漠的地表覆蓋著一層很厚的細沙狀沙子，有人說這是因為風的長期作用。而沙漠的地表是會自己變化和移動的，當然也是在風的作用下。因為沙會隨著風跑，沙丘就會向前層層推移，變化成不同的形態。

而這裡的戈壁就更有特色了。或許是因為戈壁的地表是黃土，還有稍微大一點的砂石混合組成的。幸好這裡的戈壁灘上還分布或多或少的植被。在起風時吹起的大多是塵土，風力大時也會出現風沙走石的景觀。但戈壁的地貌是不會改變的。

奉荒山就是在沙漠中眾多戈壁裡的其中一個。地點很隱秘，委託我的人也很神秘，給的委託費卻很有說服力，令我頗感興趣。

從兜裡掏出地圖看了看，目的地已然不遠了。

這裡處在一處曾經被當地人稱為「八百里戈壁」的戈壁灘。放眼望去，一望無際的礫石灘在陽光照射下閃閃發光。每當大風掠過，黃沙滾滾，遮天蔽日。整個地區人跡罕至，一派荒涼景象。

據說這裡完全是因為混雜著碎屑的物質從奉荒山上崩解下來，開始在山腳下堆積起來。在遠古洪水的作用下，被沖到較遠的山麓地帶，形成大面積的洪積平原。

而每當乾燥季節，在大風的作用下附近奉荒山的細沙和塵土被吹上天空，其中塵土被吹到千里外的地區，形成現今的黃土高原。而那些細沙則被風攜帶到附近，形成沙漠。粒徑比較大的礫石，則被留在原地，就形成了如今的八百里戈壁灘，以及遠處廣闊的沙漠。

由此可以推及，奉荒山肯定大得驚人。但真的走到了山腳下時，卻一度令人有些失神。遠看這座山也就一百里大小，高不過三百丈，在名山大川匯集的唐朝，只能算是座小丘陵。

身旁的青峰「嘖嘖」的發出了幾聲怪響：「這鬼地方也變樣子了，記得一萬年前奉荒山可是大得嚇人，方圓三千里，高達千丈。果然是滄海桑田，人世間的變化全都由時間推移。或許永生不滅的大妖魔才是世上最大的悲哀。」

「你還得意了，長這副尊榮，還好意思在我面前感嘆！」我狠狠在他腦袋上彈了一指頭，「都不習慣看你憂鬱的樣子了，裝腔作勢。」

「老大，雖然人家是妖怪，但偶爾還是會抒發下情緒嘛。妖怪也是生物……」青峰委屈地捂住額頭。

「再給我扯些有的沒的，耽誤本帥哥賺錢，當心我揍你。」我痞子樣地打量著四周，「快給我找洞口，這麼大的地方，想累死我？」

「惡魔！」青峰縮了縮脖子，帥氣的臉稍微有點氣得想抽搐。「這麼大地方，恐怕只有姐姐的『萬雪飄零』才有這本事把洞口找出來。」

「去死，要雪縈出來，還不如讓我先自裁來得痛快。哼，那個鬼委託人，就給本人一張簡易地圖，這麼大座山，要我到哪裡去找那個入口？」我氣不打一處來，看向揹著我正走得異常清爽的青峰，突然邪邪地笑起來。

青峰只感覺背後一股惡寒，條件反射地將我扔在地上就想逃。

「晚了。」我哈哈大笑著低喝一聲：「契約封印，石化！」

「契約封印，借魂！」

契約封印，是在與青峰和雪縈訂下生死契約後，少數能作用在主僕之間的法術。石化術能將僕人瞬間石化，而借魂則能在一定距離範圍內，借用自己僕人大約兩成的法力。

當然，如果手法得當，兩成的限制也是可有可無的，只是會對僕人的身體稍微有些小小的負擔。

只見青峰剎那間就變成了一座石雕，順著他腳部接觸地面的位置，石化的術法飛快延展開，不過幾息的時間，他方圓三丈內的所有東西都變成了石頭。

只不過，石化得很不徹底，至少他的眼珠子還在骨碌骨碌地瞎動，我很不滿意。掏出一張符紙比劃幾下，吹口氣化開，頓時有一層光將他整個籠罩住。

「奇門遁甲，萬物歸源，吸心大法，疾！」用手結了幾個手印，那團光緩緩地變成了乳白色，青峰的眼睛胡亂動個不停，明顯是害怕的終極表現形式。

吸心大法這個法術的來源早難以考究，更在幾百年前隱沒在歷史的長河裡。作為博學之人，我也是幾經周折博覽群書才將其找出來。其實這個法術的效果，只有一個，就是將無法反抗的妖魔身上的妖力排出體外，散落到大自然中。原本是無法利用的，但由於有生死契約的聯繫，本人自然可以全部借來用用。

那團乳白色的光華越來越大，逐漸比頭頂的太陽還刺眼。我伸出左手，緩緩對那團光張開手掌，光亮滑膩無比的一絲一縷飄入了我的體內。

「天上諸神，諸天佛主，天龍八部，聽我號令，萬里尋蹤，疾！」右手指尖逼出一點光華在那張簡易的地圖上一指，然後揚手甩掉。只見無數的光華立刻朝四面八方飛散而去，隨著光芒散盡，青峰頭頂的乳白光團飛也似的急速減少。

幾個眨眼的工夫，就只剩下了五分之一。我閉上眼睛默默地呆立在原地，身上紅光纏繞，好一會兒猛地睜開眼睛。笑了起來。「總算讓我給找到了。契約封印，解！」

石化範圍瞬間向回收縮，青峰應聲倒在地上，面部抽搐，用手吃力地撐住身體，不停地喘息。

「怎麼，這點小把戲就受不了了！」我嘻笑著掏出手巾幫他擦了擦額頭上的冷汗，「乖，快點恢復。我還指望你揹我過去。」

青峰揚起頭，似乎想要指著我罵一句，突然眼睛一翻，也不知是累還是缺氧，乾脆地暈倒了。

那個山洞在奉荒山中一個非常隱秘的地方，沒有詳細的指示，又沒有「萬里尋蹤」這種可以將大妖魔的妖力都抽乾的大範圍法術，根本就不可能找得到。

「停！」剛走到山洞門口，我就從青峰背上跳下來。怪了，雖然自己本身沒有靈力，但身體的反應還是清楚的。普通人一旦遇到髒東西，就會不由自主地發冷。現在我的身體就很冷，雖然沙漠戈壁的日照毒辣，也絲毫不損那種莫名其妙的寒意。

這個山洞，絕對不簡單。

和青峰對視一眼。那傢伙衝我點點頭，率先走了進去。不一會兒就出來，疑惑地說道：「奇怪了，老大，裡邊居然什麼都沒有。我完全找不出那股妖氣的來源。」

我愣了愣，邁步走進去。果然，山洞雖然不小，但採光良好，沒有任何遮蓋，可以說是一目了然。很普通的山洞，除了地上零散地扔著一些無法使用的破舊木箱外，就根本沒任何值得注意的地方。

但那股驚人的妖氣又是怎麼回事？而且，裡邊也完全沒有委託人要求我們帶回去的東西。

「青峰，那個委託人究竟是怎麼說的？」我沉聲問。

青峰不假思索地答道：「那個委託人很神秘，用帽子遮住臉孔，身旁站著九個人類高手。他的帽子可能有法術依附，我用魂眼也沒有看穿，不知道男女。他給了我一張地圖，要求我們到奉荒山那張地圖上打叉的地方，將墓群裡的那口金棺材抬回去。委託費兩萬兩，預付了一萬兩作訂金。」

「你認為那個來頭不小，不男不女的委託人，有沒有可能在跟我們開玩笑？」我靠在岩壁上不斷打量四周。

「不清楚。我是妖魔，不太懂人類。不過人類不是最看重錢嗎？有誰會拿一萬兩和人開玩笑。」他小心地瞥了我一眼，「一萬兩，只要不賭，足夠老大用力揮霍十多年了。」

「嗯，有進步，分析得非常不錯！你越來越有人性了。」我乾咳幾聲，讚賞地用力拍了拍青峰的肩膀。「這麼說，要我們的可能性很小。那也就意味著這鬼地方真的在某處藏了個墓群？」

我掏出一張符紙，在空中劃了一道圓，喝道：「真靈之魄，還我本相，天眼開目，疾！」

幽綠的黯淡光芒頓時順著符紙化開的地方散去，沿著整個洞壁爬行了一圈又一圈，終於在洞壁的右側停下。有道泛青的光芒在天目的攻擊下顯現出來，青峰一掌打過去，青光頓時消失得無影無蹤，居然露出了一個彎曲狹窄的通道。

我站在通道口，不由得打了個寒顫。「好強烈的妖氣，不知道裡邊究竟有什麼東西。嘿，有趣。」

讓青峰撐起結界，我跟在他後邊悠閒地燃出一道照明用的熾熱法術，把整個通道照得纖毫畢露。剛走不久就覺得不太對勁。這個通道怎麼走怎麼泛著詭異，像是被人施過迷蹤法術。

「青峰，每隔一丈就用化魔刃打出一道手印。」我囑咐道。青峰一絲不苟地在右手上逼出半尺長的紫色光芒，一個手印一個手印地朝石壁打去。就這樣打了三七二十一個手印，眼前猛地豁然開朗，這才發現自己已然走進了另一個山洞中。

這個山洞極為龐大空曠，熾熱法術的照明光焰也無法照射到四周的盡頭。更怪異的是，剛才通道裡還能察覺到的恐怖妖氣，卻在這裡陡然消失得無影無蹤，讓人一時間空蕩蕩的，心裡很不充實。

恐怕，就是這裡了。

我瞇著眼睛四處張望了片刻，視線盡頭，隱約能看到一大堆反光的物體。走過去一看，才發現是人骨，一堆又一堆的骨架，這些人大概有一千多個，死的姿態千奇百怪，但唯獨沒有任何內傷。恐怕，也只有強大的妖怪才能辦到。

我心裡一凜，頓時小心翼翼起來。

骨架後邊就是墓穴群。一個有著二十八座小墳墓，一個極大墳墓，並呈螺旋狀排列的墓群。用手在附近墓室的磚上刮了一層湊到鼻子底下聞了聞，年代很久遠。至少也有一千多年歷史了。

再看了看布局，我的臉不由得抽搐了一下，失聲叫了出來。「這個排列方式，很像『千魔羅天塚』！」

「千魔羅天塚？」青峰一臉詫異，「什麼玩意兒?很厲害？」

「一般般厲害。」我從懷裡掏出珍藏的酒大大喝了一口，「比封印你們的那個『諸神羅網萬佛絕滅大陣』差遠了。可是這羅天塚的陣稍微有一點麻煩。」

「哪裡麻煩？」

「很麻煩。這玩意兒一般都不會只封印一隻妖怪。通常都是逢九數封印。這個墓群排列了二十九座，恐怕是封印了二十九隻妖怪。而最中央墓穴裡封印的那隻妖怪，通常是最厲害的，更糟糕的是，封印可能已經被人破了。」

青峰瞪大眼睛，「也就是說，那些妖怪通通都跑了出來，正在這個洞裡亂竄。」

我嚴肅地點點頭，「恐怕是。」

話音剛落，一道慘慘的陰風猛地朝我飛射過來……

第三章 黃金棺

青峰如同條件反射一般，長髮無風自動，那一絲一縷的青色頭髮散開，隨即又糾結起來，在我的身前結成了一道屏障。

只聽到「砰」一聲悶響，那偷襲我的東西被反彈開來。青峰飛快地揚起手，一道鮮紅的手刀飛射出去，正好打在了那玩意兒身上。

那玩意兒在地上掙扎了幾下，我這才爬起身子。仔細一看，模樣就像個兩人大小的蟾蜍，正張著噁心的血紅眼睛，死死地盯著我。

「千年蟾蜍怪！嘿，有趣，難怪它會一個勁兒地盯著我不放，八成是聞到人肉的味道，興奮了。」我開心地搧著扇子。千年蟾蜍怪嗜吃人肉，據說是因為人心中的某些物質能夠增加它的毒性。或許真如幾百年前一位高人說的那樣，人心，是這個世界上最骯髒、最毒的東西。

「青峰，回來，用納木結界。」我喝了一聲。青峰立刻跳到我身旁，雙手一張，一幕厚厚的白色光暈立刻呈圓形狀態籠罩了我們。這妖怪的苦膽可是好東西，據說能防禦一切毒物，萬金難求。何況，就因為它的苦膽，這妖怪似乎早在幾百年前就已經因獵捕者的瘋狂捕殺搞得絕跡了。搞不好這是世上的最後一隻，嘿，屬珍稀物種，一定要活捉回去，說不定一不小心就能賺點大錢花花。

千年蟾蜍怪低聲鳴叫著，以肉眼難見的速度低頭衝撞在屏障上。納木結界泛出一波又一波透明的波紋，稍微搖晃了幾下才平靜下來。

那怪物不斷撞擊，許久也不見有絲毫效果。終於停了下來，小眼睛兇狠地望著我們，似乎正在用不大的大腦思考。不久，它又開始鳴叫，全身皺巴巴的皮膚噁心的舒展開，露出了隱藏在下邊的毒腺，上百條黏稠的毒液以迅雷不及掩耳之勢帶著高壓噴了出來，一滴不漏的準確打在屏障上，虎虎生威。

結界立刻不穩定了，彷彿能量也被那些墨綠色的毒液腐蝕了一般，搖晃不定，光暈也越見黯淡。

「不好，原來它的毒液真的能腐蝕結界！太讓人驚喜了。」我驚訝後狂笑，「青峰，拿個瓶子去接點毒液，越多越好。這可是好東西，值錢！」

青峰苦苦支撐著納木結界，鬱悶道：「主人，我出去了還不被化掉。你看腳下的岩石，全都軟了。」

我低頭看了看，果然，毒液順著結界流到地上，腳下的地面不斷冒著黑乎乎的泡沫，漸漸地向下陷。

「雕蟲小技，青峰，給我撐住。」我掏出符紙，在空中比劃出幾個字，喝了一聲。「上天入地，唯吾獨尊，萬物朝服，盡皆塵土！五氣降伏咒，破！」

手上的符紙化為紅黃藍綠紫五種顏色，飛出結界，死死地將千年蟾蜍怪纏住。我和青峰乘機逃出毒水的腐蝕範圍。那妖怪拚死掙扎，但五氣降伏咒哪有那麼簡單，這個絕世霸道的咒語能夠令妖怪沒有任何鬥志，安心化為世間的塵芥。所有的行動，思考能力都會被咒語奪去，最後只能變成有生命的石頭。

五種光芒不斷變幻，化成世間的各種顏色交替地籠罩著它，它的掙扎越來越呆滯，眼看就要一動不動時。遠處一道紫光射來，打在五氣降伏咒上，將五種光芒打得支離破碎。

我頓時吃了一驚，抬頭望去。只見遠處陸續湧出一大堆的妖怪，全是珍稀物種，很多本人都只是在文獻上見到過。稍微數了數，至少不下二十隻。那些怪物帶著強悍驚人的怪叫，用各自的方式向我們衝來。

即使是青峰這種大妖魔都嚇得臉色蒼白。這麼多的怪物，而且全是單打獨鬥都需要花上一番力氣才能搞定的。二十多隻，足夠消滅一支兩萬人的唐朝精英軍隊了。

「老大，這該怎麼辦？」青峰的語氣稍微有點顫抖。

我鎮定地，毫不慌張地用力朝他頭上打了一下。「還怎麼辦你個頭！想死啊，還不快逃！」

說完，飛快地朝腿上貼了兩張神行符，一溜煙就朝出口處跑去。青峰傻呆呆地站在原地，好半天才反應過來，淒慘的拉長聲音追著我跑過來。「老大，不要扔下我，嗚！」

禍不單行，出口居然被不知道什麼時候塌陷的岩石蓋住了。雖然明知道是妖法作祟，但後邊有一群殺才在瘋狂追趕，耳畔還不時有那群殺才射來的各種妖術，逃命都來不及，哪有時間破迷魂術。

就這樣在龐大的洞穴裡牽著一大堆妖怪繞圈子，不知道逃了多少圈，雖然有法術支持，但體力也消耗殆盡，我實在跑不動了。停下腳步，氣喘吁吁地捂住小腹喘氣。

「搞笑，要死就死，我完全動彈不了了。」我急促地喘息著說道。

青峰也被累得個半死不活，一屁股坐在地上，認命地道：「我也實在走不動了，誰拉我走，我跟誰急！」

我拍拍他的肩膀，「看來我們真的要死在這個暗無天日的鬼地方了。」

「不可能。」青峰很不屑地抽了抽鼻子，「老大，你們人類不是有一句俗話說，罪惡深重的人一般情況下都能遺臭萬年嗎？老大的壽命搞不好會比我還長！」

「滾你個鬼。」我一腳踹了過去。

猛地，腳底下的岩石突然變軟，有個怪異的妖物飛快地從地底鑽出，一支爪子如電般向我抓了過來。

「靠，大意了。」來不及抽出符紙的我下意識地閉上了眼睛。只聽到「啪」的一聲巨響，身旁有個聲音由近到遠，似乎還狠狠地撞了遠處的石壁。

有一絲幽幽的冰冷清香流入鼻中。睜開眼睛，只見一襲白衣，柔帶飄飛，雪縈一臉寒霜地護在我的身前，白皙絕麗的臉上稍微有一絲憤怒。「誰敢傷我的主人！」

妖怪被這絕世的強悍氣息震懾，霎時間停在原地一動也不敢動，沒多久，像是下了決心般紛紛向後逃竄而去。

「哼，想跑。想傷害主人的東西，通通都給我死。」冰冰冷冷，不染一絲波動的語氣，雪縈的臉色再也沒任何表情，水袖輕輕一揚，然後撫過身前的空氣，空氣頓時像被她的手抽空了一般，萬千水珠就那樣憑空凝結起來。「冰雪煉獄。」

萬千的水珠飛散開，水珠所過之處，瞬間凍結，不管是空氣、岩石、塵土，還是妖怪。

這個世界，立刻安靜下來。在法術的照耀下，空洞洞的山洞泛著冰雪的顏色，一切都是晶瑩剔透的，就連變成冰雕的妖怪也是如此。

我苦笑著，數了數，總共二十六隻妖怪，全是好品種，如果拿出去賣錢，足夠自已無所事事吃喝玩樂大肆揮霍一輩子，可惜。

雪縈見我在瞪她，不好意思地躲在我背後，抱著我，豐滿碩大的胸部緊緊壓在我的手臂內側，弄得人心癢癢的。

看樣子，她是打算死活賴在我身邊不回去了。

算了，隨她，至少現在沒有什麼危險，更沒有美女，自己也不用怕她吃醋施法時誤傷到自己，等出去再把她哄睡。

再次打量四周，這次看得更清楚些。「千魔羅天塚」的封印果然已經被破壞了，墓群周圍還分布著十幾具屍體，應該是剛死不久。那些屍體非常新鮮，大部分都沒有明顯的傷痕，不知道是怎麼死的，想來應該是中了某種妖術。

墓群的中段還有一隻畫皮鬼死在那裡，死得很蹊蹺，彷彿全身的妖氣都被吸走了一般。我心裡一凜，怪了，總覺得遺漏了什麼。這個墓群一共有二十八小一大，二十九座墳，按理說應該有二十九隻妖怪才對。自己剛才算了一下，雪縈冰封了二十七隻，這裡死掉了一隻，按理說應該還有一隻才對。

奇怪，剩下的最後一隻究竟在哪？

帶著雪縈，一路小心翼翼地走到最大的墓室前。那個墓門早已打開，裡邊堆積的珍稀珠寶幾乎能晃花我的眼睛。我大喜，根本沒客氣，施了個虛納芥子的法術就牢牢地揣入自己懷中。

那口委託人囑咐帶回去的黃金棺材正安靜地躺在這個巨大墓室的正中央，墓壁上密密麻麻地畫滿符咒，看來是鎮壓著某種了不得的妖怪。但問題是，我壓根就沒看到。剛才的那些妖物雖然珍稀恐怖，但遠遠談不上真正的厲害。難道，那東西跑了出去？

不對，如果真跑了出去，為什麼其他的妖怪還留在洞裡？

我百思不得其解地撓撓頭，決定將問題略過。那妖怪就算再厲害，但奉荒山這麼偏僻的地方，就算跑出去了，也危害不了世人，無所謂，還是眼前的事情要緊。

低下頭，我的注意力集中在這口委託人不惜萬金也想要得到的棺材上。

這口巨大的黃金棺材長一丈，寬六尺，碩大無比。上邊繪刻著許多怪異的圖案。中間畫有七座大型土丘，排列位置與北斗七星驚人相似。而棺材底下靠右的地方還畫著大量紅陶器和青銅器。棺材蓋上的車馬、斧頭等畫像保存完好，還在隱秘的地方刻著一個紀年「居庇元年三月三日封印於此」字樣，字體清晰可見，就是沒有提及究竟封印了什麼東西。

居庇？我疑惑地摸著那串紀年。《竹書紀年》中曾經記載過，商代曾五次遷都。《竹書紀年》記載，商王仲丁「自亳遷于囂」、河甲「自囂遷于相」、祖乙「居庇」、南庚「自庇遷于奄」、盤庚「自奄遷于北蒙，曰殷」。也就是說，這個「千魔羅天塚」

是在商朝第十四位君主，祖乙即位後，遷徙到居庇的第一年建造的。也就是距今有兩千多年的歷史了。難怪裡邊封印了現今世上再難以見到的妖怪。

只是，那個委託人究竟是從什麼地方知道這個「千魔羅天塚」的存在以及詳細方位的。還有，破解「千魔羅天塚」需要許多特殊的條件，不然也不會被稱為當世第三的封魔陣法了，它絕對不會無緣無故壞掉。除非，是人為的！

我用虛納芥子之法將黃金棺材收入囊中，緩緩地走出了大墓穴。一個墓穴一個墓穴地搜尋著線索，終於，在墓穴外圍一個不起眼的地方，看到了一個長五尺，寬三尺多的木箱。木箱封得很緊，應該是那群新死的人帶進來的。看得出來那群人對這木箱很看重，那麼遠的距離，那麼險惡的路途，也沒有在木箱上留下任何痕跡。

雖然只是個很普通的木箱，但身旁的雪縈卻厭惡地皺了皺眉，拉著我離得遠遠的。

「主人，那個木箱有問題。很臭，很噁心。」她天塌不驚的臉龐稍微有些困擾。

我立刻來了興趣，用力在箱子周圍聞了聞。「哪裡臭了？」

「就是很臭。很騷擾人，煩躁。」說著又想將我拉開。

我掏出符紙，比劃了一番喝道：「世間萬物，入我眼簾。天目，開！」

一道光芒打入額頭，視線只覺得頓時通明起來，看得距離遠了，也越發清晰了，而從前很難注意到的東西也映入了眼簾。

只見那口箱子不斷向外散發著人眼難以看到的黑色霧氣，那股黑漆漆的顏色翻滾著，如同千萬冤魂的怨念，不斷侵蝕著四周的空氣。邪惡的氣息撲面而來，令人膽寒。

這究竟是什麼東西？我用符紙化出一把冰刃，想將木箱破出一個口子，只聽冰刃砍在箱子上，卻如同砍中了金屬一般，發出了「叮」的一聲巨響，還迸出了火花。

沒想到箱子上居然施加了金屬性的防護法術。看來這玩意兒真的不簡單！我滿頭大汗地掏出一大疊符紙，一樣一樣試著用法術擊向木箱，沒想到接連用了幾十種破除之法，居然一點用處都沒有。真不知道究竟施加了多少層的法術。裡邊究竟裝了什麼玩意兒，值得這樣保護嗎？光是現在看到的加持術法，至少都值十萬兩了。

這箱子的主人，一定錢多得沒地方花，為什麼不送點給本帥哥用用。

見我忙得滿頭大汗，雪縈心疼地撈起水袖輕輕擦拭我的額頭，眼睛盯住木箱，發出了「哼」的一聲。頓時，箱子上彷彿連鎖反應一般，不斷爆開各種色彩的光芒，爆炸聲不絕於耳。過了小半刻才平靜下來，而箱子上加持的法術居然消失得一乾二淨。

我鬱悶地差些掉了下巴，果然，不管再巧的封印加持法術，也抵抗不住絕對的蠻力啊！

再用冰刃時，絲毫沒半點阻礙就將木箱切下一角。從裡邊露出了一個很大的牛皮包裹。去除了封印，牛皮袋裡那股怨氣濃烈得幾乎肉眼都能看到。

翻滾的黑色煙霧在空中不斷幻化出扭曲兇惡的厲鬼，哀號著向我咬來。雪縈水袖輕甩，黑霧立刻被彈開，支離破碎，再也難以聚攏。

「怨氣居然強到了這種程度。可怕。」我這個普通人類在這種壓力下，即使有雪縈張開的結界保護，也不禁打了個冷顫。將牛皮袋劃開，猛地，一顆顆醬色的圓形物體滾了出來。

是頭，人頭，足足十二對童男童女的頭顱。那二十四個童男童女面呈極度痛苦的表情，整個臉孔都已經變成噁心的醬色，張大嘴巴，眼睛狠狠地望著前方，死不瞑目。一縷一縷的黑色氣息就是從那些孩子嘴裡吐出來的。

「二十四凶煞！」我驚叫了一聲。太殘忍了，就算見過再多屍體，再多死亡，再多殘忍恐怖事件的我，也隱隱覺得心裡發悚。

二十四凶煞據說是上古時流傳下來的巫術，很殘忍，是世界上最邪惡骯髒的東西。據說要做出二十四凶煞，必須要找到十二對同年同月同日生的龍鳳雙胞胎，然後將其泡在女人的經血裡，泡足一年，讓那二十四個孩子從身體到頭髮都染上骯髒，染進骨髓，令皮膚、指甲，甚至骨肉都變為醬色。那一年中，每天都餵他們吃屬性互剋的毒蟲毒液，讓他們半死不活。直到他們本命年的生日那天，這才砍下手腳，一同凌遲處死。然後將他們的頭顱用巫術封存，讓他們的靈魂受盡折磨，永世無法超生。

這種方法雖然聽說過，但卻是第一次見到。恐怕，也是這輩子的最後一次。我憤怒地掏出符紙，用三昧真火將那些頭顱連牛皮袋帶著木箱一起燒個乾淨。許久心情才稍微平靜了一點。

難怪「千魔羅天塚」會被破解，封印妖魔的法術本就害怕污穢的東西。「二十四凶煞」號稱能破壞一切封印，就是因為它足夠污穢。只是這群人帶著這東西來破壞封印究竟有什麼目的？

帶著疑惑，我離開了那個洞穴。看著藍天白雲長長呼了口氣。那個魔窟實在是太壓抑了，雖然只是待了一會，感覺卻恍如隔世。

將入洞前封印的風獸放出來，那只千年老鷹龐大的身軀在雪縈面前瑟瑟發抖。我瀟灑地跳上它寬敞的背脊，指著東方，意氣風發小人得志地摟著雪縈纖細的腰肢，大聲喝道：「洛陽，白花花的銀子啊，本帥哥來了！」

第四章 陷阱

東都洛陽，繁華程度不下長安。武則天被逼退位後，唐王朝進入了一個短暫的混亂期。先是武三思與韋后、安樂公主勾結，害死於中宗復位有功的「五王」。而後太子李重俊率御林軍殺死武三思、武崇訓。但其也被韋后部下所殺。再而後，韋后與安樂公主合謀毒死中宗李顯，立傀儡重茂為少帝，自己總攬大權，垂簾聽政。韋后肆無忌憚，安樂公主公開賣官，朝政異常腐化。

此時二十六歲的李隆基登台了。

景龍四年（公元七一〇年）六月庚子日。相王李旦第三子和其姑母太平公主共同精心謀劃，發動政變闖入宮中殺死韋后、安樂公主、武延秀，剷除了韋武集團，並迎相王李旦入輔少帝。後來又擁其為帝。

時值景雲三年（公元七一二年），今天的洛陽特別的熱鬧。據說是有某個公主移駕到鳳鸞殿。鳳鸞殿曾是武則天住過的地方，這位聖神皇帝一生榮辱都與這個九朝古都洛陽以及鳳鸞殿息息相關，可以說洛陽成就了武則天的帝業，而武則天創造了洛陽近半個世紀的輝煌。

只可惜現在早已物是人非，鳳鸞殿也因武則天的死去而日漸凋零。這個地方甚至可以說得上是當今皇上的禁忌之地，居然真的有人敢觸碰逆鱗。

早在城外，我就趁著雪縈疲倦時將她封印住扔回去。青峰用手揉著迷濛的眼睛，睡眼惺松地問我：「老大，這是哪裡？啊呵，好睏。」

「已經到洛陽了，給我醒醒。」我氣惱的狠狠踢了他一腳，「委託人約我們在哪裡交貨？」

「好像是朱雀門那裡。有個很顯眼的建築，據說一眼就能看到。」他指了指前方。

「朱雀門？那裡哪有什麼顯眼的建築。那裡根本就沒建築，只有一座……」我說到這裡，不由得打了個寒顫，結結巴巴地道：「只有一座鳳、鳳鸞殿！」

「有沒有搞錯，委託人居然是個公主，難怪出手那麼闊綽！」我捂住有些發暈的腦袋，呻吟著。本帥哥生平最怕的就是和官家扯上關係，更何況是皇家。皇家這種東西，一不小心就會要了你的腦袋。喜怒哀樂這些人類情緒在他們眼裡都可以挑出罪狀，牽扯上就是個麻煩。

不過既然已經接了委託，只有走一趟了。

帶著青峰小心翼翼地來到鳳鸞殿前，掏出銀票、地圖，和委託人給的信物，便有人進去通報。沒過多久，一個四十多歲的管家便恭謹地將我們迎進去。

剛跨進大門，心底深處就突然毫無理由地跳了跳。彷彿四面八方都有人在暗中窺視我們的一舉一動。皇家的人，排場果然不一樣。大氣！居然能匯集到如此多的高手。

走了老長的距離，才被帶入會客的暖閣中。

這會客間長達五丈，有一名用面紗遮蓋住臉孔的女人，穿了件水綠色的衣衫，安靜地坐在主席的位置，和我隔了老遠，就連眉目都看不太清楚。大白天的，屋裡大燈居然還點得晃人眼睛，朱紅色的地毯把龐大的會客廳渲染得壓抑，看過去就是個高高在上的影子，感覺自己忽然變得渺小起來，只有桌上點心那麼大。

果然是皇家氣派，原來這就是會晤公主，不管什麼身分的人來到這鳳鸞殿上恐怕都得這麼坐著，戰戰駭駭地低著頭，對著遠處主台上那個似曾相識，或者根本不認識的影子仰望，然後用了底氣將話傳過去，那邊再用同樣端正的語調居高臨下地回過來。厲害。不過這一套對我不管用。

「草民夜不語，攜僕人青峰，參見太平公主！」我沒有行跪禮，只是拱手，安然道。

「大膽刁民，見到鎮國太平公主居然還不跪下。」老套路了，一旁的侍衛果然紛紛怒吼起來。

「無妨。」太平公主的語氣裡似乎帶著濃厚的調侃，「有趣的人，宮裡的公主那麼多，你是怎麼猜到本宮是太平公主的？」

「很簡單。」我悠閒地張開扇子搧了幾下，「看排場，看各位侍衛的脾氣，看衣著。就知道定是當今最受我皇寵愛的今世第一鎮國太平公主無疑。」

這位公主，論權勢，恐怕和當今聖上有得比。哪個公主敢有她那麼大的排場，不過這番話自然是不敢說出口，就連表情都不能露出來，不然很可能會被人給宰了。

「大膽！」侍衛又大吼起來，聽起來果然很煩，真不知道那些皇親國戚的耳膜是怎麼長的。

「無妨。身為當世第一的獵捕者，當然有他的尊嚴。」太平公主絲毫沒有發怒，只是衝我點點頭。「委託的東西帶來了沒有？」

「當然拿到了。」我掏出符紙，比劃幾下，將納入芥子中的黃金棺材取出，只見那口棺材憑空出現在大廳的正中央。在燈光的照耀下，歷經兩千多年的歲月，依然光華流轉，奪人眼目。

太平公主頓時激動起來，她顧不上皇家該有的舉止禮儀，蓮步輕移，走到了棺材前。她的身體在顫抖，手也在顫抖。她用纖細白皙的手撫過棺材蓋子，好半晌，才在旁人的攙扶下，再次坐回主席位。

「不錯，這正是本宮需要的東西。」太平公主輕輕地喘息著，盡量讓心情平靜下來。不知道這口棺材究竟有多重要，居然能讓權傾天下的公主激動成這樣。

「很好，張管事，把剩下的委託金給他。」公主一動不動地坐著，仰頭望著天花板，似乎準備就這麼不再說話了。右方的管事挪著太監特有的步伐，慢吞吞地走到我跟前，緩緩地從懷裡掏出一張面值萬兩的銀票，遞到了我眼皮底下。

「收下吧，這是你應得的。」他的喉嚨像被捏住了一般，又尖又細，很難聽。果然是名不虛傳的太監，說話的方式都那麼與眾不同，厲害。

我笑得像個典型的見錢眼開的小人，開心地伸手正準備將銀票接過來。猛地異變突生，張太監左手一翻，一把泛著綠光的短匕首飛快地向我刺來。

說時遲那時快，和我有心靈感應的僕人青峰一個劍步，用以身帶形之法硬生生擋在了我的身前。那把匕首絕對不是凡物，居然如同切豆腐一般，劃開了青峰堅硬如鋼鐵的皮膚、骨肉，竟然輕易地將他整個左手臂砍飛出去。

「世間萬物，聽我號令，空決烈焰，破！」我心下大怒，掏出符咒喝道。頓時一道道火紅顏色的龍從我指間飛出，張牙舞爪地低吼著向那個太監咬去。張太監陰惻惻地笑了幾聲，飛快地後退，手上匕首風也似的飛舞，將火龍砍得支離破碎，再也難以聚攏。

「公主殿下，這究竟是怎麼回事？」本來就不是為了傷敵，我爭取到時間，拉了受傷的青峰退到會客廳的門口，做出一副隨時要逃的樣子。語氣卻出奇鎮定地問道。

太平公主絲毫沒有理會我，只是那麼慵懶地倚靠在主席位上，就那麼躺著，彷彿什麼都聽不到。

張太監臉上的皺紋笑得都舒展開來，極端陰險，嘴裡絲毫沒有停頓地用和自己的身體比例完全對不上號的大嗓門吼道：「大膽刁民，居然敢行刺公主。還不快快束手就擒。」

話音剛落，四周居然密密麻麻的不知從哪裡跑出一大堆全副武裝的武士和術士。看來是早就埋伏好的，就做了個圈套等我自個跳進來。靠，本帥哥我是招誰惹誰了，就算今年流年不利，也不該什麼倒楣運氣都落到本人頭上。

「你們的意思是，想栽贓陷害？」我平靜地站在原地，細心打量著青峰的傷口。鬱悶，那匕首上附有詛咒，就算青峰這種層級的妖魔也受了詛咒的影響，恢復能力大打折扣，恐怕，傷口會痛很久。心裡莫名的惱怒，自己實在太不小心了，落入圈套還在幫別人數錢。這幫人，真想通通殺了算了，留在世間也是白白浪費大米。

「老大，要不要衝出去？」青峰小聲道，似乎在拚命忍住疼痛，不想讓我擔心。

「不用，你暫時先睡一覺，我自己會搞定。」捏了個手印，我用契約法術將他縮小，放入懷裡。詛咒已經讓他失去了戰鬥力，就算雪縈出來，也會受到詛咒的影響。不過至少還能借用他的妖氣，不然真的不知道該怎麼辦。自己長年累月靠他們姐弟倆保護，今天也該換自己保護他們了！

稍微思忖了一下周圍的形勢，我抬起頭，哼了一聲。「你們以為就憑這麼點人便能抓住我？我可不害怕殺人。何況，論逃命，本帥哥可是天下第一。」

「大膽，你膽敢行刺公主，是死罪，居然還敢反抗。」有個侍衛大喝道。

「白痴。都已經把我冤枉到這種地步了，反抗是死，不反抗還是死。還不如殺一個算一個。」

管事笑得像花兒一樣，瞇著眼睛說：「天下第一獵捕者的名號當然不是吃素的，老奴當然知道這點人手困不住你。不過，嘿嘿，你看看腳底下。」

我低頭，猛然看到一縷又一縷金色的光芒承載著飄浮在空中的經文如流金般流過地面，在鮮紅的地毯上畫出一個又一個的紋路。這紋路看起來很眼熟，似乎在哪本書上看過。

「我靠，居然是金剛不滅困魔大陣！」我大驚，大手筆啊，居然連這玩意兒都拿出手了。金剛不滅困魔大陣，本身沒有攻擊力，但借用的卻是五行之力，只要還身在五行中的人、魔、妖或者物，都會被困在陣裡，除非是布陣的人請你出來，否則你就是掙扎到頭髮都白了，還是出不了陣。這個陣據說早已失傳，就算沒失傳，也需要九九八十一位得道高僧連續不斷地用無上法力主持陣法。光是這一點，就很難做到。

太平公主這臭婆娘，不會為了對付我，就將少林寺的那群老妖怪全都請出來吧？

「不錯，很不錯，我還真值錢。」我仰天大笑，語氣一轉，冰冷道：「你以為這個破爛金剛不滅困魔大陣真的就能關住我？」

「嘿，關不關得住，試試又何妨。」張管事笑嘻嘻的，一副彷彿事不關己的樣子。

我也笑起來，「不錯，試一試就知道了。」

掏出符紙，我比劃著喝道：「滿天神佛，二十四天樞，天地元氣，入我懷中。五氣兆源，疾！」

赤橙黃綠紫五種顏色從手中猛地激射而出，打在困魔陣上，打出一圈又一圈的漣漪。果然不愧為偷雞摸狗欺世滅族必備的大陣，在五氣的攻擊下居然絲毫沒有會崩潰的樣子。

「引天地之朱氣，息萬物之源滅，破引狂雷，破！」我並不氣餒，又一個破引狂雷轟了過去。粗壯如小兒手臂的雷電夾著萬鈞的氣勢轟擊在大陣上，滾滾雷聲不絕於耳，綿延不斷。大陣內部風雲驟變，只是那股雷電紫光就是難以突破那層薄薄的透明薄膜。

就在這時，張太監又動了。所有站在大陣裡的人，都動了。

足足二十六名中級武士，七名高級武士，以及十三名術士以自己的方式向我流竄過來。我符紙一晃，用納雹結界護住全身，術士的法術攻擊如同雨點一般打在結界上，還好青峰這個大妖魔夠強悍，結界只是不停地晃動，而沒有破掉。

那太監揚起短匕首，飛身一刺，居然將納雹結界打得風雨飄搖，好厲害的匕首，好強悍的功力。我不是個戰鬥型人材，一近身戰就會瞬間死翹翹，還是保險點，想辦法把困魔陣弄開才好。

用法術將所有能想得到的護身術和結界全都加持到自己身上。我又晃動符紙，比劃了幾下喝道：「宇宙洪荒，聽我號令，洪水猛獸，現身！」

數百頭兇惡的上古魔獸呼嘯著從我的指尖幻化出來，被風一吹，陡然變大，張牙舞爪地嘶吼著，撲向所有正在攻擊我的人。

只見那魔獸皮堅肉厚，絲毫不懼怕武士的刀劍，就算被劍氣劈成了兩段，依然死死地咬住武士的身體或刀劍不放。一時間武士的死傷大增。而術士則佔了便宜，魔獸畢竟懼怕法術，不過抵不住數量多，死傷在所難免。

有個像是領隊的人大喝一聲，「所有人聽令，五個一組，結朱雀防禦陣形。」

剩下的人頓時氣勢一變，五個五個聚攏，有效地抵抗起魔獸的衝擊。

我冷哼一聲，將符紙放在手掌，迅速結了幾個手印。「天源開泰，萬物復蘇，原始精華，入我法眼。天崩地裂咒，破！」

天地間似乎所有的光線都在這一刻向我湧來，我靜靜地站在光線的中央，如同佛陀。天地在剎那間開始崩潰，地面破開，電閃雷鳴，不斷有人喪命在這宛如天災的煉獄中，即使是上古魔獸也不能倖免，伴隨著人死前的哀號，不甘地回到了地獄深處。

不知過了多久，一切才平靜了下來。所有人都驚駭地發現，身旁的同伴只剩寥寥幾個還活著，四十六名高手居然幾乎死傷殆盡。望向大陣中央那個身上不染一塵，白衣翩翩的男子時也帶了一絲恐懼。

只有那個太監依然鎮定，依然臉上帶笑。突然，他又動了！淬毒的匕首飛快地在空中劃出古怪的軌跡，將他瘦小的身子整個籠罩住。慢慢地，軌跡泛出了光芒，帶著巨大的壓力向我襲來。

「這什麼玩意兒？」縱是博覽群書知識淵博的我一時間也看不出個所以然，不過，明顯不是在耍猴戲，還是謹慎一點好。掏出符紙，又加上了幾層結界。

張太監將匕首對著我，身形一閃，瞬間不知了去向。那巨大的軌跡猛地發出刺眼的白色光芒，將整個會客廳照得白茫茫一片，強烈的反差下，我一時間反射性地閉上了眼睛。心裡暗叫不好，正要有所行動時，只聽見身後一陣陣悶響，層層結界似乎都被蠻力劈開，有個尖細陰寒的金屬物體正以驚人的速度向我刺來。

就在這時，懷中兜裡一陣亂晃，有個細小的白色物體猛地從我懷裡飛了出去，硬生生將那把幾乎要了我的命的匕首擋住。

是雪縈！她破開了我的嗜睡術，從昏睡中清醒，但卻破不開契約法術，只能以拳頭大小的身軀拚死抵住了那霸道的一刺。

「冰雪侵蝕！」雪縈水袖輕揚，掙扎著吐出一口寒氣。頓時和她接觸的匕首迅速凝結出冰霜，冰霜飛快地蔓延開，劈啪作響，很快爬上了那太監的手臂。張太監大驚失色，果斷地抽出左手，併掌成刀，狠狠將自己拿刀的右手全砍了下來，然後驚惶失措地向後跳去。

這傢伙隱忍不發，恐怕也是個少有的狠角色。

雪縈在我身旁繞了一圈，纖細白皙的手掌接連揮動，將剩下還苟延殘喘的武士和術士全都凍成了冰棍，這才飛回我的肩膀上。黑白分明的秀麗眸子一眨不眨地帶著惱怒，狠狠盯著張太監看。

我心知肚明，她細小的身體為了破開我施加的法術，再加上契約封印和詛咒的影響，又接了那驚世的一刀，恐怕已經油盡燈枯了。或許，還帶了不小的傷。

「沒關係，我能解決。」我用手指輕輕撫摸她烏黑如瀑布的長髮，她像小貓一般，雪白的小臉在我手指上摩擦，舒服地閉上了眼睛。

但立刻又睜開，倔強地說：「雪縈要保護主人。」

「好，這次我們就共進退！雪縈，把妖力全部借給我！」不知為何，我心裡一暖，甜甜地，豪氣地大叫了一聲。掏出符紙喝道：「天地不仁，以萬物為芻狗。聖人不仁，以百姓為芻狗。吾為之蒼穹，吾與天地共生滅……」

真沒想到，居然會有用到這一招的一天。

芻狗，用草紮成的狗。古代專用於祭祀中，祭祀完畢，就把它扔掉或燒掉。比喻輕賤無用的東西。而這個咒語脫胎於老子的《道德經》，指天地對萬物，聖人對百姓都因不經意、不留心而任其自長自消，自生自滅。法術的效果，確實也正是如此。天地是自然的存在，沒有理性和感情，它的存在對自然界萬事萬物不會產生任何作用，因為萬物在天地間依照自身的自然規律變化發展，不受天、神、人左右。在法術籠罩的範圍內，一切都會回歸自然。五行法術，自然也會不攻自破。此招一出，恐怕整個鳳鸞殿都會被夷為平地。

張太監彷彿知道我想幹什麼，臉色驚詫，胡亂地在血流不止的殘缺右臂上的穴道點了幾下，然後橫著匕首就飛身衝過來。

雪縈從我肩膀上飛出，原本就沒多少的妖力在我瘋狂地抽調下所剩無幾，但強悍的體魄也足以傲視群雄。她水袖晃動，細小的身體如閃電般從四面八方攻向張太監。那太監張開匕首防禦得滴水不漏，但臉上明顯帶著焦急，大聲喊道：「公主殿下，請移駕回長安。這裡不太安全！」

太平公主充耳不聞，只是愣愣地發愣，慵懶地朝我的方向看了一眼。然後又繼續發愣。

那就不要怪我了！我繼續唸著：「吾為天地，吾為芻狗。引天地之祥和之氣，引洪荒之混亂之流。自然而然，歸一切為原始。五行寂滅，急急如律令！」

五顏六色的光芒在符紙化開後，開始在我指間凝結，光芒柔和，美麗，純潔，混雜著平緩的氣息，絲毫讓人感覺不出那種毀天滅地的氣勢。光焰照射在人身上，暖洋洋的，令人想睡覺。四周的物體在這片光焰中漸漸融化，像是遇到了高溫的冰雪，即使人的衣物也被分解掉，變得黏稠起來。

一圈一圈的波紋在金剛不滅困魔大陣的內部波動，困魔陣頓時劇烈的搖晃顫抖起來。張太監急了，拚死逼開雪縈的騷擾，想逃出陣外救自己的主子。但雪縈早就恨他傷到了我，死死地纏住他不放。

「死妖孽，還不滾開。」張太監大怒，衣衫早就被五行寂滅的光焰融掉，只剩下最後一層的遮羞布，而大陣裡所有的物質都已經融化成液態，形成了一個橢圓的空白空間。只是不知道他手中的那把匕首究竟是以什麼金屬鍛造而成，居然依舊發出綠慘慘的顏色，保持著原本的形狀。

我冷哼一聲，手上的那縷光芒立刻分出一絲刺到他臉上，他撕心裂肺地慘叫一聲，猛地跌倒在地，再也無法動彈。

困魔陣在五行寂滅法術的攻擊下搖搖欲墜，如同隨時會崩塌的危房。各色光芒在這透明的橢圓形空間裡不斷攪動，壓力越來越大。終於，一聲「砰」的巨響，金剛不滅困魔大陣終於被破開。五行寂滅的光焰立刻被解放，朝四面八方飛射而去，所過之處，所有物體灰飛煙滅，紛紛化為液體，流入大地中。

眼看光芒就要接觸到太平公主時，突然一個整齊的叫聲從四面八方喝了出來。八十一道敏捷的身影，自殿外飛身進入，將公主團團圍住。我定睛一看，居然是八十一個身穿金黃袈裟披掛，白眉白鬚的老和尚。

傳說武則天在位時，由於喜好佛教，大肆修建廟宇，還不知道用什麼辦法將少林寺的一群老妖怪請出來做護法。那婆娘死後，那群和尚繼續保護著她的女兒太平公主，沒想到傳聞居然是真的。

想來就是這八十一個老和尚在主持金剛不滅困魔大陣，折磨了我老半天。正要氣惱地跟他們計較一番時，突然遠處傳來一陣響動，鳳鸞殿的大門大開，有個尖銳的喝令一層接著一層傳了進來，充滿了莊嚴的威勢。

「陛下駕到，文武百官殿前跪迎！」

「陛下駕到，芳澤天下，天下大赦，罪民等速速垂手跪迎！」

第五章　皇家謎案（上）

「吾皇萬歲，萬歲，萬萬歲！」

唐玄宗又稱唐明皇，唐睿宗李旦的第三個兒子。去年剛剛繼位。民間流傳，李隆基出生時正是武則天主政要做女皇的時候，所以他小時就經歷了錯綜複雜的宮廷變故，這也許促使他形成了意志堅定的性格。他小時候就很有大志，在宮裡自詡為「阿瞞」，雖然不被掌權的武氏族人看重，但他一言一行依然很有主見。

他七歲那年，一次在朝堂舉行祭祀儀式，當時的金吾將軍（掌管京城守衛的將軍）武懿宗大聲訓斥侍從護衛，李隆基馬上怒目而視，喝道：「這裡是我李家的朝堂，干你何事？竟敢如此訓斥我家騎士護衛！」

弄得武懿宗看著這個小孩兒目瞪口呆。武則天得知後，不但沒有責怪李隆基，反而對這個年小志高的小孫子倍加喜歡。到了第二年，李隆基就被封為臨淄郡王。

在奶奶武則天死後，中宗懦弱無能，結果朝政大權落到韋皇后和安樂公主手中，原來發動政變恢復唐朝的功臣，宰相張柬之也被他們貶官驅逐，太子李重俊被殺。韋皇后效仿原來武則天的做法，讓自己的兄長韋溫掌握大權，對於女兒安樂公主賣官鬻爵也不加以制止，大肆縱容。在公元七一〇年，中宗終於死於韋皇后和安樂公主之手，被她們合謀毒殺。然後，韋皇后便想學習婆婆武則天，做第二個女皇。

沒有等韋皇后動手，一直靜觀時變的李隆基和姑姑太平公主搶先發動兵變，率領御林軍萬餘人攻佔皇宮，將韋皇后一派全部消滅。然後，由睿宗李旦重新即位，李隆基也因功被立為太子。

但父親李旦也和中宗一樣是個軟弱的皇帝，不願和太平公主發生正面衝突，總是忍讓。而太平公主則認為是自己給了他做皇帝的機會，功勞巨大，所以她掌握了朝政大權。隨著自己的勢力壯大，太平公主的野心也膨脹起來，想像母親那樣也做做女皇。

太平公主的主要對手便是太子李隆基，起初她沒把他放在眼裡，覺得他還年輕，但後來見識了李隆基的英勇果斷後，開始防範他。她製造輿論說，李隆基不是長子，沒資格做太子，更不能繼承皇位。坊間一直有人說，太平公主的目的是要廢除李隆基的太子身分，為自己以後做女皇開路。

直到去年，睿宗厭煩了當皇帝的生活，把帝位讓給兒子李隆基，但太平公主仍掌握了朝廷三品以上官員的任免權，和軍政大事的決定權。睿宗的讓位加劇了李隆基和太平公主的矛盾。雙方似乎都在積蓄力量，準備除掉對方。

有趣，這個天下第一公主，和這位天下第一權勢者都聚集在這個小小的鳳鸞殿中，不會都是為了本帥哥我而來的吧？

不過就我看來，太平公主李令月確實是當今赫赫有名的人物，她不僅僅是歷史上唯一一個女皇武則天的女兒，而且看現在的形勢，還真的幾乎有可能成為「武則天第二」。

這位公主小時候據說很是純潔乖巧，但自從嫁給大唐第一劍手，城陽公主的兒子薛紹後，一生都變得不太平起來，就彷彿她血管裡流動著的全是她那極不安分的母親的血液，自己也變得不太安分。

當然，也有人說她從小便驕橫放縱，長大嫁人後更是變得兇狠毒辣，野心勃勃地覬覦著那高高在上的皇位，夢想像她母親那樣登上御座，君臨天下。不過，誰又知道呢？就如一位哲人所言，歷史往往會發生驚人的重複，但如果第一次是以喜劇面目出現，那第二次則會以悲劇結局告終。太平公主不乏心機和才幹，而現在她的權勢也確實可以讓她縱橫捭闔得意於大唐，至少是貨真價實的九五至尊。

她的首任丈夫薛紹，和這位太平公主的婚姻只維持了七年，後來他便不知為何被誣告與唐宗室琅琊王李沖謀反有關，杖責一百後，餓死獄中。太平公主回到皇宮數月後又匆匆忙忙地嫁給了武攸暨。武則天在太平公主第二次結婚的兩個月後正式登基，太平公主因為成了武家的兒媳而避免了危險。

不得不說，這個女人確實聰明，有心機到令人害怕的程度。

所有人都跪了下去，除了太平公主。她依然慵懶地坐在主席位上，擺擺手，一群護衛抬著黃金棺材隱入旁廳裡。唐玄宗李隆基在一層又一層的宣號聲中，在大量護衛的簇擁下走進會客的暖廳。左右兩名侍衛穿著一黑一白的衣衫，看不出功力深淺。他們站在皇帝身後一尺遠的兩側，警戒地張望著。

他打量了下四周，炯炯有神的眼睛一眨不眨地望著太平公主，聲音沉穩地道：「朕因事路過鳳鸞殿，聽到裡邊異常吵鬧。害怕姑姑有什麼危險，所以進來看看。看來，真的是發生了些事。」

太平公主站起來微微欠了欠身，「陛下來得正巧。」

她指指我，「那個人，排行當世第一的獵捕者。他行刺本宮，本宮稍微處理下家事，不算什麼動靜大吧？」

唐玄宗笑了起來，「當然，如果是姑姑自家的事，朕自然不會管。但殺人行刺此等大事，不管殺的是誰，只要是大唐子民，都應該即刻送往大理寺。如果查證屬實，行刺皇親國戚可是大罪，足夠株連九族。本人也應當凌遲處死！」

說罷揮動手臂招呼左右侍衛，「來呀，將那人捉起來，投入天牢。過幾日送往大理寺受審！」

「慢！」太平公主喝道：「所謂國有國法，家有家規。這草民行刺本宮，證據確鑿，就應該本宮自行處理。不勞煩陛下費心了。」

「不費心，姑姑的事，再累朕也不費心。」李隆基笑得像朵花，字正腔圓地道：「沒有國，哪還有家。所謂法不通行不成國體，姑姑身為大唐第一公主，當然應該以身作則，給萬民作為榜樣。」

「是嗎，壓了本宮這麼大個高帽。那好，皇上就將那罪民帶走好了。」太平公主轉過身去，但就在轉身的那一刻，我分明看到她嘴角帶著的那一抹詭異的笑。

猛地，異變突生，一直躺在地上沒有動彈，也沒有呼吸心跳，讓人以為他早已死硬了的張太監敏捷地跳起來。他抬起匕首，身體筆直得如同一條直線，飛也似地朝我刺來。

「大膽！吾皇面前竟敢如此撒野！」唐玄宗身旁的兩位高手身體一閃，移步插入我和張太監之間，舉掌向他的頭顱劈去。沒想到這一掌居然劈了個空。

是幻術？不像！恐怕是速度太快造成的殘影。

那把泛著綠慘慘光芒的匕首突地從黑衣侍衛的右邊刺了出來，也不見有什麼動作，手臂便以一種十分怪異的姿勢滑過，刺穿了侍衛的身軀。

那黑衣侍衛的身體被一分為二，卻沒有任何血肉飛濺的場面，身影漸漸消失在了空氣裡。居然也是個殘影。這時白衣侍衛的手掌已經劈到了張太監身後，雄厚的掌力如有實質一般，夾著風雷的聲響，狠狠地印上去。

張太監硬生生地受了這一掌，整個人被猛地拋出五丈開外，撞在牆上發出一聲「啪」的悶響，沒有再動彈。

「姑姑，這究竟是怎麼回事？」唐玄宗滿意地看著自己的手下，正要等太平公主的解釋。異變又生，張太監弓起背脊，速度更加迅猛，如同崩雷一般飛快地再次衝過來，而這一次，目標明顯不是我，而是當今聖上，李隆基！

黑白侍衛大喝一聲，運掌迎上，一個防禦，一個攻擊，將張太監死死地壓制在了四丈開外的距離。雖然那兩人佔了上風，但不知為何，我老覺得太平公主實在太安靜了，恐怕有什麼陰謀。心裡也有種說不出的不安感，像是有什麼不好的事即將發生。

雪縈坐在我的肩膀上，拉著我的頭髮看得起勁，突然湊到我耳畔說道：「主人，那東西有點不對勁。很危險。不像人的氣息！」

「天地明目，入我法眼，天眼，疾！」我不由得一凜，立刻運起天眼望去。果然，那張太監滿身都纏繞著一股肉眼看不到的赤紅色，陰鬱恐怖，像是從地獄爬上來的惡魔。他張著血紅色的大眼睛，呼吸著血紅色的霧氣，每一根血管都青筋暴露，彷彿隨時會炸開似的。

「不好，那太監用詛咒，把自己當作祭祀品，想要召喚蚩尤的分身！」

蚩尤見之正史，最早載於《史記．五帝本紀》黃帝紀。因其有與黃帝爭戰失敗的經歷而聞名。上古洪荒時，首先有神族、魔族。然後，女媧神造出了人族。最後，神族和魔族都放棄了對人族的干預，任由華夏讓人族統一。當然，有不聽話的神、魔下凡到人間，於是就出現了妖怪啊、神啊之類的傳說。有人說，蚩尤就是妖魔的始祖。雖然青峰和雪縈對此嗤之以鼻，說自己被封印時，蚩尤這位小弟弟還沒有來得及出生。

「蚩」釋為「蟲也」，意思就是小爬蟲之類的生物，據說巫術就是得之於他。古書上提到，蚩尤人生牛頭，力大無窮，長生不死。洪荒時代，黃帝、炎帝兩族聯合同蚩尤九黎族進行的一次大規模戰爭。兩大部落聯盟為爭奪適於牧獵和淺耕的地帶，在涿鹿之野展開長期爭戰。蚩尤帶領的妖魔勇猛兇悍，擅長角抵，聯合巨人夸父部族與三苗部族，先驅逐炎帝，後又乘勢北進涿鹿，攻擊黃帝族。傳說蚩尤率領所屬七十二氏族，利用濃霧天氣圍困黃帝族。

黃帝族率領以熊、羆、狼、豹、等為圖騰的氏族，數戰不勝。後得到玄女族幫助，吹號角，擊夔鼓，乘蚩尤族迷惑、震懾之際，衝破迷霧重圍，擊敗蚩尤，終在中冀之野將其擒殺。此戰以後，蚩尤被砍為七段，分別封印在華夏大地的七個隱蔽的地方。

但通過某些早已失傳的巫術，據說依然能借用到他的力量！

張太監越戰越勇，絲毫不畏懼呼嘯著的掌風，手中的匕首將身體四周防禦得滴水不漏，慘綠的匕首劃出一條又一條的曲線，然後引出一道翠綠的光焰狠狠地向白衣侍衛刺過去。白衣侍衛雙掌一變，使出一招八卦游龍，貼著匕首一掌印在了他的胸上。同時黑衣侍衛的掌力也打中了他的後背。

兩面夾擊下，張太監口吐血沫，筋骨在巨大的壓力下寸寸盡斷，胸口甚至被打出了一個大洞。他仰天慘叫一聲，聲音如同野獸的嘶吼。

「危險，兩位快退！」我大喝一聲，手上掏出一把符紙，口中唸道：「天龍八部，諸天神佛，引明日入蒼穹，化戾氣為祥和。清心除魔咒，疾！」

一道道白光猛地從我的指間流轉著衝向張太監，隱入他的體內。可是已經晚了。那個詛咒早就種入他的體內，只要激發開，一定的時間後便能生效。這傢伙，居然練了這麼陰毒的蠱巫毒咒，不知道殘害了多少無辜者的性命。要練蠱巫毒咒，就需要蠱蟲吸食上千人的血肉。而且用的時候，自身也會被毒咒侵蝕，魂飛魄散，永世不得超生。

說時遲那時快，張太監細瘦的身材猛地拔高，足足兩丈有餘，全身皮肉都被撐得爆開，露出了肌肉糾結的壯實身體。頭顱也飛了出去，長出一個碩大的牛頭。

雖然本人沒有見過蚩尤這洪荒魔神，但看古代典籍的描述，除了大小以外，形象上已經差不多了。

「保護皇上！」黑白侍衛毫不畏懼地舉掌迎上，並大聲喊道。所有侍衛立刻將唐玄宗圍起來，想要保護他出宮。

另一邊，八十一個高僧緊緊地將太平公主圍在中央，結起法陣護住她。

蚩尤狂嘯著，帶著攝人心魄的氣勢，兇殘暴烈地從嘴裡吐出一口地獄火焰，黑白侍衛使出渾身解數，遊走在這龐大妖怪旁。皮堅肉厚的蚩尤化身絲毫不害怕那雄厚的掌力，嘲笑地盯著身邊的兩隻蒼蠅。

地獄火熊熊燃燒著，席捲向會客殿的大門，李隆基退路頓時被封死。火焰所過之處，不管是金屬還是木頭，全都如同澆上火油一般，猛烈燃燒起來。那種火，人類如果沾染到，必然會被焚燒成塵土。

「上接天地，雲雨囹圄，引東海之精華，滅三昧真靈。靈水游龍！」我見勢不妙，忙掏出符紙，化為一道水龍。那條水龍通體碧藍，晶瑩剔透，呼嘯著在我身旁繞了一圈，然後一頭猛撲入熊熊烈火中。

靈水游龍咒可以滅掉三昧真火，是水系術法中最有效的攻擊咒法。果然，水龍所過之處，地獄火雖然沒有滅掉，但是搖爍不定，沒有再繼續蔓延的傾向。

「不用管朕，先去消滅那個妖怪。」唐玄宗帝王膽氣盡顯，揚揚手示意侍衛去屠魔。「朕能夠自保。」

侍衛沒有動，只是強自鎮定的一圈一圈將他保護起來，精銳的氣質盡顯。「長沙漫漫！」黑衣侍衛見自己始終無法撼動眼前的妖怪，大喝一聲，雙掌白光大作，居然是是外放的內力，看來那傢伙也準備要拚命了。白衣侍衛護在他身前掩護，黑衣侍衛雙掌一揚，身法飛快變化，快到肉眼只能隱約看到一個模糊的影子。終於，在掌外凝結得如有實質的內力狠狠地撼在蚩尤碩大無朋的牛腦袋上，將它半根牛角硬生生打斷，墨綠色的血液直流。

蚩尤吃痛，憤怒地吼叫著，粗壯的手臂不斷交錯著去抓身旁一黑一白兩個身影。可惜那兩人的身法實在過於敏捷。它煩躁起來，又是一聲大吼。那聲吼叫沒有想像中那麼大的陣勢，只見一圈圈透明的波紋沿著它的嘴衍生出去，緩慢地散開，無聲無息。但所過之處卻帶來驚人的破壞力。

黑白兩侍衛剛一接觸，就被聲紋掀開，在空中一翻身，他們死命地用雙臂護住身體，運起千斤墜，雙腳用力踩在地上。饒是如此，依然在地上拖出四道深深的痕跡，長達一丈。

就在這時，那八十一個老和尚動了！

那些老和尚站在大殿的八十一個方位上，手中結出佛印，不斷有金光從指間瀉出，柔和，卻奪人眼眸。

金光上滿載梵文，在地上爬行著，扭曲前進，然後如蛇般死死咬住了蚩尤的身體。蚩尤分身痛苦地大叫，哀號聲響徹天地。但不論它怎麼掙扎，都逃不出那些金色梵龍的撕咬。

這個龐大的法術似曾相識，我冷眼看著，內心深處卻大惑不解。太平公主這女人究竟想幹什麼？既然她想殺了當今聖上李隆基，現在正是最好的時機。但為什麼又要差遣手下將另一個手下化身的蚩尤困住？

似乎同樣不解的還有唐玄宗，他微微遲疑了一下，招手叫回所有侍衛護在身旁。然後衝我勾勾指頭。「你叫夜不語是吧？當今天下第一的獵捕者？」

我走過去，對現在的形勢充耳不聞，只是嬉皮笑臉地拱拱手。「皇上好，今天天氣不錯。本帥哥正是夜不語。」

唐玄宗不以為忤，樂呵呵地道：「我也曾在坊間聽過你的流言。據說，只要價錢公道，你會幫人做任何事。」

「當然，只要是價格公道童叟無欺的話。」我一揚扇子也笑呵呵地答著。

「那你能不能告訴我，那些老和尚在幹什麼？」唐玄宗指了指那八十一個老和尚滿頭大汗結出的陣勢。

「隨皇上的心意。這個就當我免費大放送好了。」我瞇著眼睛解釋了起來，「不知皇上有沒有聽過黃帝與蚩尤的故事？」

「當然聽過，還很清楚。」李隆基稍微有些迷惑。

「那就簡單了，我先從洪荒時那個有名的故事講起吧。」我咳嗽了幾聲，做出一副說書人的架勢。「話說黃帝打敗炎帝之後，許多諸侯都想擁戴他當天子。可是炎帝的子孫不甘心向黃帝臣服，幾次三番挑起戰爭，尤以蚩尤為甚。

蚩尤是炎帝的孫子。據說，蚩尤生性殘暴好戰，他有八十一個兄弟，都是能說人話的野獸，一個個銅頭鐵額，用石頭鐵塊當飯吃。蚩尤原來臣屬黃帝，可是炎帝戰敗後，蚩尤在廬山腳下發現了銅礦，他們把這些銅製成了劍、矛、戟、盾等兵器，軍威大振，便起野心要為炎帝報仇了。蚩尤聯合了風伯、雨師和夸父部族的人，氣勢洶洶地來向黃帝挑戰。

黃帝生性愛民，不想戰伐，一直想勸蚩尤休戰。可是蚩尤不聽勸告，屢犯邊界。黃帝不得已，嘆息道：『我若失去天下，由蚩尤掌管，我的臣民就要受苦了。我若姑息蚩尤，那就是養虎為患。現在他不行仁義，一味侵犯，我只有懲罰不義！』於是黃帝親自帶兵出征，與蚩尤對陣。

黃帝先派大將應龍出戰。應龍能飛，能從口中噴水，它一上陣，就飛上天空，居高臨下地向蚩尤陣中噴水。霎時間，大水洶湧，波濤直向蚩尤沖去。蚩尤忙命風伯雨師上陣。風伯和雨師，一個颳起滿天狂風，一個把應龍噴的水收集起來，兩人又施出神威，颳風下雨，把狂風暴雨向黃帝陣中打去。應龍只會噴水，不會收水，結果，黃帝大敗而歸。

不久，黃帝重整軍隊，再次與蚩尤對陣。黃帝一馬當先，領兵衝入蚩尤陣中。蚩尤這次施展法術，噴煙吐霧，把黃帝和他的軍隊團團罩住。黃帝的軍隊辨不清方向，看不清敵人，被圍困在煙霧中，殺不出重圍。就在這危急關頭，黃帝抬頭看到了天上的北斗星，斗杓轉動而斗魁始終不動，他靈機一動，便根據這個原理發明了指南車，認定了一個方向，這才帶領軍隊衝出了重圍。

黃帝和蚩尤一來二去打了七十一仗，結果是黃帝勝少敗多，他心中非常焦慮不安。這天，黃帝苦苦思索打敗蚩尤的方法，不知不覺昏然睡去，夢見九天玄女交給他一部兵書，說：『帶回去把兵符熟記在心，戰必克敵！』說罷，飄然而去。黃帝醒後，發現手中果真有一本《陽符經》。打開一看，只見上面畫著幾個象形文字『天一在前，太乙在後』。黃帝頓然悟解，於是按照玄女兵法設九陣，置八門，陣內布置三奇六儀，制陰陽二遁，演習變化，成為一千八百陣，名叫『天一遁甲』陣。黃帝演練熟悉，重新率兵與蚩尤決戰。

為了振奮軍威，黃帝決定用軍鼓來鼓舞士氣。他打聽到東海中有一座流波山，山上住著一頭怪獸，叫『夔』，它吼叫的聲音就像打雷一樣。黃帝派人把夔捉來，把它的皮剝下來做鼓面，聲音震天響。黃帝又派人將雷澤中的雷獸捉來，從它身上抽出一根最大的骨頭當鼓槌。傳說這夔牛鼓一敲，能震響五百里，連敲幾下，能連震三千八百里。黃帝又用牛皮做了八十面鼓，使得軍威大振。

為了徹底打敗蚩尤，黃帝特意召來女兒女魃助戰。女魃是旱神，專會收雲息雨。平時住在遙遠的崑崙山上。

黃帝布好陣勢，再次跟蚩尤決戰。兩軍對陣，黃帝下令擂起戰鼓，那八十面牛皮鼓和夔牛皮鼓一響，聲音震天動地。黃帝的兵聽到鼓聲勇氣倍增；蚩尤的兵聽見鼓聲喪魂失魄。蚩尤看見自己要敗，便和他的八十一個兄弟施起神威，兇悍勇猛地殺上前來。兩軍殺在一起，直殺得山搖地動，日抖星墜，難解難分。

黃帝見蚩尤確實不好對付，就令應龍噴水。應龍張開巨口，江河般的水流從上至下噴射而出，蚩尤沒有防備，被沖了個人仰馬翻。他也急令風伯雨師掀起狂風暴雨向黃帝陣中打去，只見地面上洪水暴漲，波浪滔天，情況很緊急。這時，女魃上陣了，她施起神術，剎那間從她身上放射出滾滾的熱浪，她走到哪裡，哪裡就風停雨消，烈日當頭。風伯和雨師無計可施，慌忙敗走。黃帝率軍追上前去，大殺一陣，蚩尤大敗而逃。

蚩尤的頭跟銅鑄的一樣硬，以鐵石為飯，還能在空中飛行，在懸崖峭壁上如走平地，黃帝怎麼也捉不住他。追到冀州中部時，黃帝靈感突現，命人把夔牛皮鼓使勁連擂九下，這一下，蚩尤頓時魂喪魄散，不能行走，被黃帝捉住了。黃帝命人給蚩尤戴上枷銬，把他殺了。害怕他死後還作怪，便把他的身和首埋在兩個地方。蚩尤死後，他身上的枷銬才被取下來拋在荒山上，那裡變成了一片楓樹林，每一片楓葉，都是蚩尤枷銬上的斑斑血跡。

黃帝打敗蚩尤後，諸侯尊奉他為天子，這就是軒轅黃帝。軒轅黃帝帶領百姓，開墾農田，定居中原，奠定了華夏民族的根基。」

「這跟現在的形勢有什麼關係？」聖上見我囉唆了這麼久，又迷惑起來。

「當然有關係，那八十一個老禿驢擺出的正是天下第一的『天一遁甲神陣』。那個大陣只用來對付蚩尤的一個分身，八十一個功力深厚的老和尚足夠了。」

「哦，原來這就是天一遁甲神陣？奇怪了……」唐玄宗低語著，像是在想什麼重大問題。再次抬起頭時，蚩尤分身已經被大陣困住，在風雨雷電中消失殆盡，再也找不到痕跡。

那些老和尚一個個累倒在地上，滿頭大汗，不斷喘著粗氣。看來法力也消耗得差不多了。

李隆基和依舊慵懶躺在主席座上的太平公主對視一眼，太平公主淺笑道：「好嚇人，我的管事怎麼會變成那副模樣。罪過，皇上受驚了！本宮一定會徹查此事，將幕後主使人通通揪出來，誅他們九族！」

臉上卻絲毫沒有受到驚嚇的表情。

「這件事，確實要請姑姑給個解釋。」唐玄宗不溫不火地說，看不出表情。他抬起手喝道：「來呀，將罪民夜不語打入天牢，發派大理寺候審。」

我靠，皇家的人果然是說翻臉就翻臉，各種表情變化莫測，變得比天氣還快。這個混蛋皇帝，剛才還嘻笑的和我哈拉閒話家常，現在翻臉不認帳，一說話就把我打進了暗無天日的天牢。

老子，玉皇大帝，本帥哥冤枉啊！

就在這時，一隊人馬不顧鳳鸞殿前侍衛的阻攔，拚死拍馬進入正門。當頭那個慌張地下馬，翻身，膝蓋狠狠跪地，跪在了唐玄宗身前。聲音急促帶著哭腔喊道：「稟報皇上，梅妃娘娘自縊在疏影閣，死了！」

第六章 皇家謎案（中）

梅花，以清雅脫俗、孤傲高潔，受到無數文人雅士的鍾愛和讚賞。吟梅頌梅的詩詞也無以數計，但要說到真正的知梅嗜梅，並將梅品融入自己靈魂的，莫過於唐玄宗寵愛一時的梅妃江采蘋了。

江采蘋是福建莆田珍珠村人，父親江仲遜是位飽讀詩書又極富情趣的秀才，且精通醫道，是當地頗有名望的儒醫。

江家家境富足，只生有江采蘋一人，卻並不因為她是個女孩、斷了江家香火而不悅，反而倍加珍愛，視為掌上明珠。早在江采蘋初懂世事時，不知是什麼契機而愛梅如狂，深懂女兒性情的江仲遜不惜重金，追尋各種梅樹種滿自家的房前屋後。

深冬臨春的時節，滿院的梅花競相開放，玉蕊瓊花綴滿枝椏，暗香浮動，冷豔襲人，彷彿一個冰清玉潔、超脫凡塵的神仙世界。幼小的江采蘋徜徉在梅花叢中，時而出神凝視，時而閉目聞香，日日夜夜陶醉在梅花的天地中，不知寒冷，不知疲倦。

在梅花薰染下漸漸長大的江采蘋，品性中深深烙下了梅的氣節，氣度高雅嫻靜，性格堅貞不屈，剛中有柔，美中有善；配上她漸漸出落得秀麗雅致的容貌、苗條頎長的身段，彷彿就是一株亭亭玉立的梅樹。

生長在書香門第，她父親又極賞識她的穎慧，自小就教她讀書識字、吟誦詩文，江仲遜曾向友人誇口道：「吾雖女子，當以此為志。」

唐人思想較為開放，加之江仲遜是一位開明秀才，因此，對女兒寄予如此重望是不足為怪的。江采蘋確實不負父望，九歲就能背誦大本的詩文。及笄之年，已能寫一手清麗俊逸的好文章，曾有「蕭蘭」、「梨園」、「梅亭」、「叢桂」、「鳳笛」、「破杯」、「剪刀」、「綺窗」等八篇賦文，在當地廣為人們傳誦和稱道。除詩文外，江采蘋對棋、琴、書、畫無所不通，尤其擅吹奏極為清越動人的白玉笛、表演輕盈靈捷的驚鴻舞，是一位才貌雙全的絕世女子。因此，遠近的年輕人都感嘆道：「不知誰家兒郎有此福氣，能夠娶得江采蘋為妻，真是三生有幸啊！」

就是這樣的女子，最後進入了皇家。當時的唐玄宗還只是臨淄郡王，有一次因公務到了閩地，在茶樓品茶時，突然聽到一群儒雅的年輕茶客提到江采蘋，眾口一致地稱讚她才貌無雙、知書達禮、性情溫婉、清秀脫俗，諸如此類的讚美語句。便生出了偷偷去見一見的情緒。

見到她時，是在梅林深處，李隆基徒步進入梅林，遠遠凝視江采蘋。當時涼風微拂，清香襲面，玉鑿冰雕般的梅花映入眼簾。因為皇家的勾心鬥角困鬱已久的他感覺到一絲宜人的清新。

待見到江采蘋，只見她淡妝素裹，含羞低眉，亭亭立在一株盛開的白梅下，人花相映，美人如梅，梅如美人，煞是清雅宜人，李隆基頓時心喜，積鬱為之煙消雲散。

美人身前有酒席。唐玄宗走過去介紹了自己，然後開懷暢飲。江采蘋言語文雅，性情溫柔，使唐玄宗感到一種溫馨的撫慰，對她產生了深切的愛憐之意。

待問到江采蘋擅長何藝時，采蘋回稟能吹笛。於是命人取來白玉笛，朱唇輕啟，吹出一段〈梅花落〉，笛聲清越婉轉，吹笛人儀態萬方，四周的梅樹隨著笛音不時撒落幾許花瓣，唐玄宗彷彿置身於瓊樓玉宇，不知是天上、還是人間。

隨後，江采蘋又表演了一段驚鴻舞，身影輕如飄雪，衣帶舞如白雲，使得唐玄宗不知不覺地又進入了另一個幽雅靈逸的世界。

從此，唐玄宗對江采蘋愛如至寶，大加寵幸。在登基繼位後，便封其為梅妃，命人在她所住的宮中種滿各式梅樹，並親筆題寫院中樓台為「梅閣」、花間小亭為「梅亭」。後宮佳麗雖多，唐玄宗卻不復他顧。

但這位梅妃卻死了，自殺身亡，吊死在疏影閣中。

我被打入天牢還不足一夜一天，就被人送入皇上的御書房內。那是個晚上，御書房裡很昏暗。唐玄宗坐在桌前仔細地批文，許久後，才抬起頭指了指他對面的椅子示意我坐下。又過了許久，終於合上公文，深深吸了口氣。

仔細看他的樣子，似乎比昨天蒼老了不少。原本莊嚴的皇家氣概也消失無蹤，彷彿變成了個普通的中年男人。

「夜不語，只要價格公道的話，你真的什麼委託都能接？」唐玄宗望著我，臉上有一絲苦笑。

「不錯。」我點頭，皇帝都找到我頭上了，這件事恐怕就算不想做，也沒得商量了。

「放心，雖然我是皇帝，但絕對不會勉強你。畢竟這件事，不是普通人能夠辦得了的。」李隆基昂起頭，呆呆地望著屋頂的方向出神，緩慢地說道。

靠，話說得也不怕咬了舌頭，如果本人沒隨你的意，你要發飆翻臉不認人了咋辦？我乾笑著說：「聖上儘管吩咐，只要是我夜不語能做的，赴湯蹈火，在所不辭。只不過，價格稍微會貴——」

「黃金一百萬兩！」唐玄宗打斷我，「我要你徹查梅妃的事，我想要知道，她究竟是怎麼死的！」

「娘娘不是自縊身亡嗎？」我的臉抽搐了一下，雖然早就猜到李隆基召我來的目的必然是這位清雅高潔的梅妃，但沒想到，他會這麼徹底不掩蓋地說出來，我只有裝傻了！

「不錯，大理寺派來的仵作確實證明她是自殺無疑，但是，她怎麼可能平白無故就自殺了。這裡邊肯定有陰謀。」唐玄宗面孔冰冷起來，「如果要讓我查出來，無論是誰，我都要誅了他九族！」

「聖上為什麼不自己派人查探？」我疑惑道。

「這件事的根源，應該出在後宮。我的人不好出面。」他頓了頓，「你是外人，而且雖然只有一面之緣，但我信得過。」

不好，皇帝在套近乎。歷史上明文規定，凡是被皇帝信任的人基本上死得都很慘，得趕快撇清關係。「能得到聖上抬愛，夜不語實在受寵若驚。但草民乃山野粗人，還是男性，出入後宮實在不方便。這個委託——」

「這個我有安排！」皇上一抬手，喊道：「李公公。」

頓時，一個黑影神出鬼沒地跪在了皇上身前。

「這是李公公，我的親信。有他陪著你，皇宮中可以任由你翻幾遍。記住，一定要替朕將殘害梅妃的元兇找出來。李公公，將他安排在弄影閣，方便蒐集證據。你們都走吧，朕想一個人靜一靜！」說完擺擺手，示意我們出去。

跟著李公公出門，在皇宮彎曲如迷宮的路上走著，我一時間思緒萬千。梅妃的死肯定有文章，雖然我不太清楚，但是唐玄宗一定清楚得很。恐怕有很多東西他知道，但沒告訴我。恐怕，裡邊甚至有一些皇家特有的八卦秘聞吧。倒楣，居然捲入後宮爭鬥中去了……

算了，反正已經被套入這個圈子中，橫豎還是敬業一點，先從基本的線索查起吧。我跟在李公公身後，壓低聲音小聲問道：「公公，您在宮中多長時間了。」

「老奴伺候皇上已經有二十八年了。」

這老傢伙，看不出來居然從唐玄宗出生開始就鞍前馬後地伺候著，難怪是心腹。我向左右看了看，又道：「那公公知不知道，梅妃在後宮有沒有什麼仇家？」

「哪會有！梅妃賢淑達禮品格高尚，在後宮的關係好得很。」那老太監有些氣憤。

「您再仔細想想。」我不死心，「例如有人衝撞或者冒犯過她什麼的？」

「這麼說來，似乎有一件事，不知道當說不當說。」老太監像是想起了什麼，稍微有些猶豫。

「說，聖上讓我全權處理這件事，我有資格聽。」我頓時來了勁。皇家的八卦，聽起來可是很爽的，至於後果，管他那麼多。

「這事大概發生在一年多前。」老太監覺得有理，於是講了起來。「要知道，當今聖上是個重感情的人，對兄弟十分友愛。宋王成器，申王成義，是聖上之兄。岐王範、薛王叢是聖上之弟。聖上即位之初，時常長枕大被與兄弟同寢，不時設宴與兄弟同樂，還曾在殿中設五幃，與各王分處其中，談詩論賦，彈奏絲竹，議謀國事，相處得十分融恰。

聖上封了梅妃後，迫不及待地想介紹給他的諸位兄弟，於是特設一宴招待諸王，席間他得意地向兄弟們稱道：『這是梅妃，朕常稱其為梅精，能吹白玉笛、作驚鴻舞，今宴諸王，妃子可試舞一曲。』

梅妃先是吹奏白玉笛一曲，笛音曲折婉轉，引人神馳。宋王成器也善吹笛，歧王範善彈琵琶，聖上更是妙解音律，五位兄弟都十分領會梅妃笛聲的神韻。笛聲剛落，梅妃又翩翩起舞，漫舞輕迴，如驚鴻般輕盈，如落梅般飄逸，五人又看得如痴如醉。

舞罷，聖上命人取出珍藏的美酒『瑞露珍』，讓梅妃用金盞遍斟諸王，當時薛王已醉，恍惚中被梅妃的儀態迷住，一時神魂顛倒，竟然伸出腳，在桌下勾住梅妃的纖足糾纏不放。梅妃竭力保持鎮靜，不動聲色使力掙脫，轉身躲入梅閣不肯再出來。

聖上發覺後問道：『梅妃為何不辭而去？』

左右答稱：『娘娘珠鞋脫綴，綴好就來！』

等了一會，不見出來，聖上再次宣召，梅妃派人出來答覆說：『娘娘突然胸腹作痛，不能起身應召。』沒有梅妃助興，這一夜的兄弟宴樂也就到此結束了。

賢淑識體的梅妃並沒有把薛王調戲她的事張揚出來。但薛王第二日早晨酒醒，想起昨夜宴席上的荒唐行為，不禁大為驚懼，於是袒肉跪行來到宮中，向聖上請罪，羞愧地說：『蒙皇上賜宴，不勝酒力，誤觸皇嫂珠履，臣本無心，罪該萬死！』

聖上寬容道：『汝既無心，朕也就不予追究。』

事後，聖上回後宮問起梅妃，梅妃知薛王是酒後失態，所以不願意讓玄宗知道，擔心影響兄弟之情，聖上問她時，她還竭力否認。見她如此顧慮皇家骨肉之情，大度地息事寧人，唐玄宗對她不由得又產生了一種既愛且敬的心意。但薛王因為羞愧，再也不敢見梅妃。不知道這件事會不會有問題？」

這麼說來，薛王居然調戲過梅妃？有趣，我看李隆基也並不是什麼大度的人，估計因為要拉攏勢力和太平公主對抗，所以才隱忍不發。說不定，那個梅妃和薛王還有什麼可以挖掘的後續故事呢！

走了許久，李公公停住腳步，靠向一邊道：「疏影閣到了，請公子自行進去查看。老奴就不作陪了。」

疏影閣是皇宮的四大閣之一，說是閣樓，不如說是一座大院子。梅妃便自縊在正寢室中。只見寢室裡乾乾淨淨，恐怕是有宮女進來打掃過。碩大的房間裡，只有黯淡的香味。

我稍微檢查了一番，並沒有看出特別的地方，乾脆坐到了大床上微微嘆了口氣。

這梅妃，在民間的聲譽一向都很好，據說有母儀天下的氣勢，比現今的皇后王氏好上許多。梅妃受玄宗專寵已久，這期間，她以自己的品性和賢德影響著唐玄宗，使玄宗以德治國，使得整個國力繼續保持強盛的增長。

就這麼一個好女人，居然會無緣無故自殺！

「青峰，出來。」我輕輕喊了一聲。青峰立刻從我的衣兜裡飛出，落到地上猛地變大，片刻就化成原本的樣子。

「老大，好睏。」看樣子他剛剛才將詛咒解除，一副睡眼惺松的模樣。

「你有沒有感覺到什麼不良的氣息？」我沒理他，指了指整間屋子問。

「老大，你想要我感覺什麼？」他疑惑地四處張望了一下。

「簡單，例如妖氣，或者殺氣什麼的。」妖魔的感覺非常靈敏，如同狗的鼻子一般，妖氣和殺氣一向都是難以消除的東西，如果滯留在房子裡，雖然人類本身毫無感覺，但青峰卻能察覺得到。

「沒有異常的地方。老大，這是哪裡？」青峰抽了抽鼻子四處嗅了嗅。

我指指身旁：「坐。這是皇帝老兒的後宮，我們乘機好好休息一下。以後可就沒什麼機會進來了。」

青峰坐下，眼尖地看到桌上擺放著一張裱好的錦書。他毛手毛腳地拿了過來，問道：「這是什麼？」

我看了一眼，只見錦書上有兩行娟秀的字跡寫著：

一枝疏影素，獨抗嚴霜冷。

早晚散幽香，香飄十里長。

「這是梅妃寫的。據說這裡邊還有個故事。」我笑起來，「這個故事在民間流傳得很廣。據說，在一個雪霽初晴霜冷梅開的日子，玄宗與梅妃在梅閣臨窗賞梅弈棋。梅妃自小精於棋道，兩人對弈，玄宗屢屢敗北，因而頗有些不悅。善解人意的梅妃起身笑道：『此為雕蟲小技，誤勝陛下，請不要放在心上；陛下心繫四海，力在治國，賤妾哪裡能與陛下爭勝負呢！』一番話說得入情入理，玄宗心中也就釋然了，暗暗為梅妃的賢淑達禮而欣慰。」

既然一同踏雪嘗梅，唐玄宗沒話找話的對梅妃說：『久聞愛妃才高，入宮前所作八賦，翰林諸臣無不讚嘆稱絕，卿既然酷愛梅花，何不即景作一梅花詩？』

梅妃謙和地答道：『賤妾鄉野陋質，怎能有大雅之作，謹以詠梅花小詩一首，聊為陛下佐酒。』隨即信口吟出了那首詩。

吟完，玄宗正要誇讚，忽然內臣報嶺南刺史韋應物、蘇州刺史劉禹錫求見，這兩位都是當時著名的詩人、儒官，因聽說梅妃愛梅，又能吟詩作賦，心生敬慕，特挑選了當地的奇梅百品。星夜兼程，送到長安進獻。梅妃和玄宗都十分高興，命人植在梅妃院中，重賞了韋應物和劉禹錫，並把梅妃所寫詠梅詩賜予二人品鑑，兩位大家讀後讚道：『果然詩如其人，是仙中女子！』由於李隆基十分喜愛這首詩，梅妃便寫了下來。唐玄宗當即命人將其裱好，連夜送入梅妃的梅閣中。至此梅妃便和這首詩寸步不離身，走到哪裡都會帶上。嘿，有趣，一個想要自殺的人，居然還記得將自己最珍愛的東西從梅閣帶到疏影閣中。恐怕，這樁皇家自殺案，真的有些問題！」

「雖然不太明白你們人類，但奇怪……」青峰用手摸了摸那幅錦書，緩緩道：「這幅東西上，帶著很強烈的怨氣。」

「怨氣？」我吃了一驚。

「不錯，就是怨氣，我分辨得出來。這股怨氣來自於生靈。」

「生靈？」我皺了皺眉頭，「你的意思是說，這股怨氣的主人，並沒有死？」

「嗯，如果那人死了，怨氣自然會變成死氣，恐怕，還會變為厲鬼。但這上邊的怨氣，明顯還沒有那種情況。那人肯定還活著。」

「意思就是，這個怨氣的主人，並不是死掉的梅妃？」我把頭靠在右手掌上，「那是誰？奇怪了，難道梅妃真的有仇家，或者，有人對她極度的不滿？」

我走出門，跟李公公旁敲側擊起來。

許久後，李公公才為難地透露了一點非常有用的信息。

「梅妃曾在年前懷了龍子，確實是龍子。但不久前卻不知什麼原因流產了。從此以後梅妃抑鬱寡歡，經常一個人對著門廊發怔，還會一個人自說自話。恐怕是因為喪子之痛，生不如死下，才會尋短見的吧。」這老太監隱晦地說，果然是老油條一根，要他提供點線索都支支吾吾的，就連判斷都有誤導人的傾向。

梅妃居然流產過，還是最近。這可是驚天地泣鬼神的八卦秘聞，完全是拿出去就能賣錢的玩意兒，很危險，不過，我喜歡！看來，案件的突破口恐怕就在這點上。

第七章 皇家謎案（下）

漢代有長門宮，今日有上陽東宮。而梅妃自流產後，就如同棄婦一般住在上陽東宮裡。皇帝後宮，每天太陽還在不斷地升起落下，每天都有白頭宮女細話她們曾經的容顏。但是梅閣的主人，卻永遠回不來了。吳宮南苑皆青草，落葉滿階紅不掃。天長日久後，每當梅花開遍的日子，還有誰曾記得有位梅妃跳著驚鴻舞婉轉悠長的身影呢？

站在梅閣前，我微微嘆了一口氣。

告罪一聲，輕輕地推開了這扇舉世聞名閣樓的門扉。在上陽東宮中，梅閣的佔地頗大，是個幾進幾出的大院落。自從它的主人搬入疏影閣後，院子依然打掃得乾乾淨淨，不染一絲灰塵。

但現在它的主人，永遠都不會再回來了。

我走入院中，只見滿園的梅樹在夏夜的月光裡泛著青綠，生機勃勃。一路欣賞著繁茂的綠色植物，一邊向裡邊走。沒多久，就到了梅妃的寢宮。這裡，也是她經年伺候皇上的地方。

只見滿窗戶都貼著梅花的剪紙，有紅有黃也有白，雖然多，但是卻不顯俗氣。反而給人一種清新淡雅的感覺，恐怕是梅妃自己無聊時剪來哄當今聖上開心的。不過，從剪紙上依然能看出她的人格，如梅花一樣，淡入心扉。

推開臥室的門，一股和疏影閣中一模一樣的香味撲面迎來。很香，很淡，但有些油膩，不像梅花，而且比疏影閣中的味道重了許多倍。

我抽了抽鼻子，心中暗自發爽。皇帝老兒經常來的地方，老子也站在了裡邊。太爽了！

仔細打量四周，還是沒有找到有用的線索。都是些零碎的小東西。我一屁股坐在軟榻上，又將青峰叫了出來。

「繼續，看看房間裡有沒有妖氣和殺氣。」我指了指周圍。

青峰繞著房子轉了一圈，回來搖頭道：「老大，什麼感覺也沒有，平常的地方。就是香氣太濃，讓我想打噴嚏。」

「奇怪了。難道梅妃真的是自殺？」我托著下巴慢慢思忖起來，「她的屍體我沒有看過，但案子皇上插手了，檢查屍體的肯定是全國最好的仵作。想來不會遺漏什麼有用的線索。既然專家都說是自殺。那麼，恐怕梅妃真的就是自殺了。但自殺也分很多種。有的是因為生活沒有盼頭，不想活了。但她正受聖上寵愛，地位和皇后也有得比，絕對不是因為這個自殺。可能，主因還是在那個流產的孩子上！」

「孩子？」青峰難以理解，「為了孩子人類就會自殺？」

「青峰，你還太嫩了。」我笑了笑，「其實不光是人類。所有生物都有維護下一代的本能。為了孩子，母親可以舉起比自己身體重幾倍的車。為了自己的孩子，一切都可以放棄。如果梅妃的流產是人為的話，不但能打擊她的地位，還能將她逼瘋！」

「奇怪的感情。」他還是難以理解。

「這些東西，如果你有可能當父親的話，就會明白了。」我嘿嘿笑了幾聲，「如果梅妃的流產是有預謀的，這件事就關聯很大的。或許，最大的嫌疑人，就是當今的皇后，王氏。」

「又關皇后什麼事情？」

「當然關，非常有關係。要知道，人類是種很會勾心鬥角的生物。特別是皇權和後宮的爭鬥，前者慘烈，一不小心就會死數以千計萬計的人。而後者陰險毒辣，不但出賣身體，也出賣靈魂，用所有能夠想到的方法拚命向後宮權力的巔峰爬。而皇子，就是其中最大的籌碼。現在李隆基還沒有孩子，第一個生出孩子的女人，特別是生出皇子的女人，肯定會受到最大程度的寵愛，最後母儀天下。但這個機會，竟然落在本來就很受寵的梅妃身上，恐怕，後宮所有有心機有心思想要向上爬的妃子，都是有嫌疑的對象。而當今皇后，嫌疑更大！」

我頓了頓又道：「王氏是當今聖上的結髮妻子，出身士族。據說這位王氏是甘泉府果毅都尉王仁皎的女兒，早在李隆基十幾歲時就嫁給了他。王氏的家庭並不高貴，與梅妃差不多，但皇帝卻把最多的寵愛都給了梅妃，這恐怕就是她最嫉恨對方的地方。

據說，之所以立她為皇后，完全是因為她在李隆基與韋皇后和安樂公主生死博弈時起了相當的作用，她的孿生兄弟王守一就直接參與了殺韋皇后和安樂公主勢力的事變。

不過，王氏在如願以償當上皇后後，卻面臨後宮眾多美女的挑戰。梅妃當然是最突出的一位。除此之外，王氏雖然收養了一個武氏家族的兒子，她自己卻始終沒有生育兒女。就因為生育問題，王皇后憂慮得寢食難安。特別是如果有人先她一步懷孕，她的地位就會受到挑戰。恐怕，她不僅是希望挽留丈夫，更希望長保自己和家族的富貴榮華。」

青峰翻白眼看我，「老大，說起來，你是怎麼知道這些事情的？你和皇帝老兒還有皇后都很熟？」

「當然不是，皇宮這地方，本帥哥也是第一次來。不過，嘿嘿。這個世界可是有一種法術，叫做『讀心』。就算是高手，只要不精通術法，我就有辦法在『控制術』的輔助下以百分之七十以上的機率讀到周圍十五公尺內所有人的想法。就算有厲害的術士在也不怕，我還用了偷雞摸狗隱藏形跡必備的『掩飾術』，這可是好東西，可以百分之百隱藏『讀心術』的痕跡。」我笑得很犯賤，指尖揚起，扔出一堆已經化為塵埃的符紙灰。「我可是一路上讀心讀過來的，宮女以及那個死老太監的心思我全聽到了。雖然冒著『讀心術』反噬的可能，危險是危險了一點，不過很值，全是有用的信息！」

我掃了一眼四周，又道：「剛才路過某個閣樓時，聽到有宮女說，隨著自己的地位越來越高，梅妃也漸漸不把王皇后放在眼裡，後宮中勢利眼的宮人宦官也常常表現出藐視王皇后的態度。王皇后氣憤不已，難免向玄宗皇帝發牢騷，指責梅妃和她身邊的下人。

然而這時的玄宗已經不是當年的臨淄郡王了，王氏的失落不但沒有得到丈夫的同情，反而惹得玄宗越來越厭倦她，甚至動起了『廢后』的念頭。王氏也猜到了丈夫的心思，她十分害怕，想生兒子的願望也就越發迫切。她一廂情願地認為，丈夫先後對趙麗妃武惠妃偏心，而現在又獨愛梅妃，完全就是因為她們都有可能生出聰明俊俏的子嗣。她希望自己也能生個討丈夫喜歡的兒子以鞏固皇后之位。」

我舔了舔嘴唇，嘲諷地道：「女人總是這樣，想的東西簡單明瞭，但就是點不到正題。可憐的王氏，她根本就不知道，男人如果連活生生的女人都不愛了，怎麼會去愛她腹中的那塊肉呢！

據說在她變得喜歡囉囉唆唆的抱怨後，李隆基就不願意來了。而且，不論王皇后怎樣想方設法地將李隆基留在自己寢宮，她都始終沒法懷上，眼看著梅妃懷上孩子，就要生了，梅閣裡的丫鬟也一個兩個變得趾高氣揚，似乎皇帝也要廢了她這個皇后，立梅妃為后了。她實在是又急又怒。漸漸地不但恨透了梅妃，就連李隆基也成了她痛恨的對象。說不定，她的怨恨從量變演化成了質變，真的有所行動了！」

說著說著，我的鼻子稍微抽動了幾下，疑惑道：「青峰，你覺不覺得梅閣裡的這股香味實在是有點奇怪？」

青峰也聞了聞，「就是香味，有點油膩，但是沒妖氣，平常得很。只不過好像在哪裡聞過。」

「不錯，這種味道我也聞過。奇怪，梅閣裡的幽香，應該是梅花香味才對，這絕對不是梅香。究竟是什麼玩意兒？」我說著在四周找了起來，到處查著香氣的來源。不久後一個素三彩鴨薰映入眼簾。只見這個鴨薰高兩尺，長三尺，底座邊長一尺，座高半尺。底座呈方形，四面鏤空。

這種素三彩鴨薰我以前也看過，只是沒有這麼精美，是用來焚香用的。一般分上下兩部分，由腹部分開，內空。鴨子嘴、頸、腹相通。鴨身通體施黃、黑、紫三色釉。

座底四周施罕見的綠釉，座面施紫釉，底面白釉，書青花「大唐武周三年制」六字楷體雙圈方形款。釉水肥厚溫潤，有玉質感。側視可見蛤蜊光。

就是這個素三彩鴨薰，裡邊散發著濃郁的香味。就在我剛要拆開鴨薰看看裡邊究竟在焚什麼香時，一道勁風猛地朝我狠刺過來……

青峰身體一橫，手上一道綠爪如風般抓了過去，那道勁風唐突地繞了一個方向，依然朝著我刺來。

我趁著空隙，掏出符紙迎風一搖，幻化出十二個身影，分十二個方向逃竄而去。自己的真身則隱藏在黑暗中，用結界嚴嚴實實地包了個緊。那個看不到的敵人在幽暗的油燈下快得如同一道難以察覺的影子，只見青峰獨自在空氣中舞動，如同在玩猴戲。但周圍不斷有物件被掃飛，在牆上砸出一道又一道的凹痕。

非常凶險的死鬥，對方沒有形跡，難以琢磨，只能靠感覺和敵人出招時的動靜來判斷大致的方位。我靜靜地看著，突然感覺手心一陣響動。代表分身的符紙居然相繼破碎，那十二個分身，竟然掙扎都沒有掙扎一下，就那樣完蛋了。外邊守著的人，好高的身手！

我暗自思忖，這兩個敵人究竟是從什麼地方冒出來的？是不是同一夥人？那個隱身者竟然可以靠近到隨便偷襲我的範圍，卻不被青峰發現，這份潛藏的能力就很值得推敲了。相傳，只有修煉過「影」的人類才能完全隱藏自己的身體、氣息以及形跡。但影族的人世世代代全都掌握在皇帝手裡。李隆基要殺我？不可能，他沒那個必要，特別是我現在對他而言，還有某種利用價值。他不可能在這個時候動我。

那究竟是什麼人能夠在後宮撒野，而且鬧出這麼大的動靜還不會讓人懷疑呢？守在門外的李公公幹什麼去了？還是說，後宮的人都死絕了？

我思緒萬千，難以理出個頭緒。抬眼望去，那個隱形人依舊和青峰鬥了個旗鼓相當，看來一時間也分不出個勝負。果然，青峰雖然好騙好愚弄，但功力實在和雪縈差遠了。外邊還有一個人，不管他們是不是一夥，還是速戰速決的好。

我隱住身形，惡毒的一笑，掏出一張符紙喝道：「野有蔓草，零露溥兮。瀼瀼與物，糾纏與身。零露咒，疾！」

這個咒語脫胎於《詩經》中的〈野有蔓草〉一文。是術法中少有的非常惡毒的輔助攻擊系咒語，創造者絕對是個天才。詩經中的這一首詩，描畫一男一女兩個人在一個美麗的季節，偶然相遇並相愛的故事。在一個夕陽西下的日子，走在彎彎的小徑，徑旁，春草茂盛，草葉上掛著晶瑩剔透的露珠。這時，對面走來一女子，她的眼神清麗，她的聲音悠揚，她的容貌婉約，在落日的餘暉中，她是如此的美麗，心中多年的尋覓，在這一刻，就這樣出現在面前，就在這蜿蜒的小徑，就在這結滿露水的青青芳草邊，上演著最傾心的相遇，在最美麗的時刻，遇見了你最想遇到的那個人，但是然後呢？是與子偕臧？還是，枯萎而死？

咒語可以影響受術者的一切，令他放棄一切抵抗，拚命地愛上眼前的人。不管他是男是女，是美是醜，年齡多少。都會讓他徹底墮入愛情中無法自拔。就某種程度而言，這個咒語比當今世上最可怕的詛咒更惡劣。只是，應用的範圍有很大的限制，成功率也只有可憐的百分之一。

不過誰叫我也是個大天才呢。本帥哥早就發明出了一種方法，在「零露咒」從指尖飛出後，又迅速地扔出幾個提高機率的自創咒語，一時間整座寢宮五顏六色的光芒亂顫，一股腦地匯集成一道粗壯的光芒，沿著我早就計算好的軌跡，投入那道無蹤無跡的身影裡。

那身影明顯一頓，出招頓時亂了起來，越來越僵硬。勁風也緩了許多，像是怕傷到對方。青峰十分納悶，乘勢一招風刃，那身影擋開，突然像是放棄了一般，再次隱入了空氣中。

我暗自偷笑，那不知道什麼玩意兒的偷襲者，不會真的愛上青峰了吧，嘿嘿，有趣，實在太有趣了。

就在這時，突然感覺一股危險的氣息從右手邊傳了過來。我毫不猶豫地向左邊一跳，層層結界居然就那麼毫無徵兆地被某種東西破開，如果不是躲得及時，自己早就身首異處了。那偷襲者不死心，回刀又砍向我。雖然看不到，但卻感覺那道風壓猛烈到老遠都能覺得痛。被砍中一定會沒命。

下意識地閉上眼睛，只聽耳邊「噹」的一聲金屬碰擊，勁風被青峰用右手硬生生地擋住了。看不到的刀砍入他的手臂半尺多，鮮血直流。不知道是不是錯覺，那透明的身影發出了一聲驚叫，然後一把長匕首唐突地出現在青峰的手臂上。

沒想到偷襲者居然是個有著好聽聲音的年輕女孩。想來是她害怕大動脈的血濺出來會害死青峰，不敢抽出來，下意識地將手中的刀放開了。

嘿，「零露咒」果然起作用了。我實在是個天才。我躺在地上笑得極為惡劣。那偷襲者很明顯不知所措。她隱在空氣中，突地抓住我不小心掉在地上的素三彩鴨薰，飛也似地向外逃竄。

我立刻急了起來，爬起身，抓住青峰的身體，跳到他背上，大聲喊道：「給我追，別讓她給跑了！」

青峰在右手臂上用左手一抹，一道白光閃過，鮮血淋淋的骨肉立刻合攏起來，恢復了七八成。他運起妖力，腳尖在地上一點，也飛快地竄出了門。

那透明的身影速度極快，不過在青峰大妖魔的超級六識中，自然有跡可尋。一路上狂追，但那偷襲者身法極佳，短時間內很難追上。眼看她就要逃出梅閣了，突然，一襲血霧猛地爆開，噴灑在夜色中，將皎潔的月色染得通紅。

一道白色的光芒閃過，只是一劍，讓我和青峰倍感頭痛的偷襲者居然因此受了重傷。素三彩鴨薰掉落在草叢裡。

那偷襲者眼看事不可為，果斷地放棄鴨薰，從右邊逃走了。我在青峰的背上向前方望去，有一個穿著老舊素衣的蒙面人，正悠閒地站在梅閣的外牆上，右手瀟灑地拿劍。他的眸子清明，看了我一眼，似乎在笑。

他右手劍一揮，一股陰柔的劍風立刻將素三彩鴨薰捲起，穩穩地落入他手中。然後，他也消失在了牆的另一面。

「好可怕的人！」青峰的額頭微微凝出一滴冷汗，轉頭問我：「還用追嗎？」

「不用，沒必要。」我搖頭，攤開右手掌，露出了一團顏色黯淡的東西。

第八章　皇墓

「吾皇萬歲，萬歲，萬萬歲。」

「平身，賜座。」御書房裡，李隆基從滿桌子的文件中抬起頭，似笑非笑地看著我。「夜不語，你好大的膽子。見到朕，總是雷聲大雨點小，叫得比任何人聲音都大，但膝蓋就是連彎都不願意彎曲一下。」

「草民知道皇上公事繁忙，對此類繁文縟節不太在乎。何況，陛下更希望知道我的調查結果。」我臉上帶著笑容回道。

李隆基果然沒有生氣，站起身走了幾步，緩緩道：「說吧，你調查到了什麼？」

「不太多。但至少關於梅妃的死，我有了個明確的答案。」我走到他身後。

「哦，說。」

「梅妃，確實是自殺！」

「什麼！」李隆基猛地轉過身，用力抓住我的領口失態地大喝道：「她說過要和我白頭偕老，她怎麼可能會自殺。難道她一切都是在騙我，就連感情都在騙我！」

「陛下，請冷靜。梅妃當然沒有騙你。不過有人卻騙了你。」我安靜地等他發完飆，緩緩道：「梅妃雖然確實是自殺，但她的自殺卻有值得探討的地方。甚至可以說，是有人蓄意造成的。」

「是誰！」李隆基感覺自己粗魯的失常行為，放開我，但聲音又高了幾個分貝。

「不知道。只是，我找到了一樣東西。」我從兜裡掏出一塊不規則，直徑半尺。開口面略扁平，呈漩渦狀排列的棕褐色物體。

李隆基拿了過去，放在手心裡捏了捏。這東西雖然凝結得很堅固，但富有彈性，手捏微軟，放手仍復原。裡邊半透明沒有異物。他用食指摩擦，不脫色，搓即成團，揉捏即散，不黏手，即使放開，手中仍然沾著濃烈的香氣。

「這是……麝香？」李隆基抬頭看了我一眼。

「不錯，確實是麝香。」我點頭，露出了笑容。

「這能說明什麼？」他疑惑道。

「所謂麝香，是我大唐特產的一種名貴藥材。主產於吐蕃的喜馬拉雅山、大雪山脈、沙魯里山脈、寧靜山脈、雀兒山脈等地。是麝的雄性香腺囊中的分泌物乾燥而成，是一種高級香料，如果在室內放一丁點，會使滿屋清香，氣味迥異。麝香不僅芳香宜人，而且香味持久。」我解釋，「麝香的藥用價值很廣，用於閉症神昏。麝香辛溫，氣極香，走竄之性甚烈，有極強的開竅通閉醒神作用，為醒神回甦之要藥，最宜閉症神昏，無論寒閉、熱閉，用之皆效。治療溫病熱陷心包，痰熱蒙蔽心竅，小兒驚風及中風痰厥等熱閉神昏。還能用於瘡瘍腫毒，咽喉腫痛，有良好的活血散結，消腫止痛作用。和幾種常見藥物搭配，更有其他的藥效。不過，它還有一個最重要的作用！」

「最重要的？」

「不錯。很多人都不知道，其實，麝香能夠催產！」我緩緩地說道。

「什麼！」李隆基全身一僵，許久才語氣僵硬地問：「你真能確定？」

「非常確定。」我笑咪咪地道：「這塊麝香是在梅閣的主寢殿中一個素三彩鴨薰中發現的。從麝香融化的程度來看，這一塊足足用了小半個月。而且這東西，並不是單純的麝香。如果麝香經由蒸氣蒸餾，最後讓其凝結成暗棕色的揮發油，再經精製成黏性油液，凝固後，就是麝香酮了。這玩意兒比麝香更具有特異強烈的香氣，孕婦長期聞著，就容易流產！」

唐玄宗臉色凝重起來，他將手中的麝香酮湊到鼻子前仔細聞了聞，許久，才抬起頭，緩慢地說：「不錯，這種味道在梅妃懷孕時，朕確實常常在梅閣中聞到。可恨，當時自己既然並不在意！是朕害死了梅妃！」

霎時間，這不到三十的皇帝彷彿又老了許多。

他慢慢地走到御書房的窗台前，將窗架起來，深深吸了一口氣，不知道在回憶著什麼。「夜不語，朕有時候真的很羨慕你們這種閒雲野鶴的生活。唉，一將功成萬骨枯，當了皇帝又能怎麼樣。哼，到最後還不是連自己最愛的女人也保護不了。

有時候真的想放下一切，就這麼悠悠閒閒地過下去，似乎也不錯。別看朕這樣，其實朕酷愛音律。六歲便能歌舞，少年時在府中自蓄散樂一部以自娛。朕精於多種樂器演奏。琵琶、橫笛等，羯鼓的演奏技藝尤為高超。然後，朕在梅花零落時，遇到了我的梅妃。為了她，朕調整了原九部樂、十部樂為坐，還立了部伎。但她始終並沒有笑得很開心過，她能歌善舞，臉上常常帶著微笑，不過她其實並不開心。這些，朕始終都知道，可朕沒有辦法改變。誰叫我是當今皇上呢？梅妃善解人意，從來就不會向我提出任何過分的要求，總是要我以國家大事為重。」

李隆基手扶在窗台上，回憶著。許久。我在他身後默默聽著，隨手在桌上拿了幾個糕點塞進嘴裡。果然是皇家的東西，好吃！

這皇帝，又是個猛地轉身，臉上憂鬱的神色稍微消滅了點。他從身上掏出一樣東西向我扔了過來，又道：「夜不語，幫我去個地方，拿出一樣東西。哼，既然梅妃的死是有人蓄謀，就不要再怪朕無情無義。不論是誰，我都會讓他生死不能！」

皇墓，皇帝死後的世界。每一代的皇帝都認為人死後，會來到另一個世界中。於是他們總是挖空心思想要將身前的榮華富貴帶過去。

唐代帝王陵寢制度是喪葬禮儀的一部分，它是一套複雜、詳細、具體、嚴格的實用制度。和所有的王朝一樣，大唐帝國在建國之初，百廢待興，許多制度、規定都在不斷確定和完善中。經過幾代帝王的實施後，武則天時期，帝王陵寢制度已經確立，它包括了陵園的規模、園中宮殿群的分布，神道兩側石刻像的種類及尺寸、地宮的大小、隨葬物品的標準及尺寸，甚至墓室內的壁畫內容都有具體規定。

皇上所擁有的，當然是最好的、最高大華美的，常人是絕對不可以有絲毫的越軌行為，否則將招來殺身之禍。武則天和丈夫唐高宗李治的合葬墓乾陵，就是這個制度最完備的體現。除乾陵以外，制度完備的唐陵就數唐睿宗橋陵了。

而我的眼前，就是睿宗李旦的陵墓了。

橋陵面南而居，有一條長長的神道，從山口延伸向南，一直伸向滾滾的渭水河畔。這是一條供後人祭祀、拜謁的大道，神道兩旁自北向南相對排列著石獅、石人、石馬，石獬豸、石鴕鳥和石華表，內陵園的範圍包括了整座橋山。

如果說內陵園代表了皇帝生前居住的皇城，外陵園就應該是外廓城的象徵，是朝臣、權貴、平民、商販的居住地。考古調查中，唐太宗昭陵曾發現部分外廓城城垣，但橋陵至今未見，學者認為，帝陵外陵園可能設有土質圍牆，也可能以松柏林木為樹牆，所以在一些帝陵所在縣的縣誌上，屢有「柏城」一說。橋陵外陵園很可能就是以松柏為牆，隔劃出一方世外淨土，供長眠地下的君臣們安享。

外陵園內主要安置陪葬墓群。顧名思義，能陪葬在帝王身邊的人，除了血緣宗親，就是那些功勳卓著、頗受重視的朝臣大員。死後能夠在帝陵周圍被賜賞一方土地、成為天子陪葬墓，是做人臣的極大殊榮。

唐初，陪葬之風很興盛，唐高祖李淵的獻陵、唐太宗李世民昭陵，都擁有數百座大型陪葬墓，氣勢很是壯觀。從乾陵開始，陪葬制度悄然發生了一些變化，能夠陪葬皇帝的，主要是那些有直系血緣關係的兒孫，朝臣陪葬越來越少。睿宗橋陵陪葬墓中除宗室子弟雲麾將軍李思訓墓外，餘者皆是其親生子女。

我帶著青峰緩步走入李思訓的墓地範圍，望著眼前那恢宏的墓穴，稍微有些感嘆。

雲麾將軍以一介武士能夠陪葬睿宗，和睿宗李旦喜好書法繪畫有直接關係。李思訓是唐代傑出畫家，又是戰功卓著的大將軍，可謂文武雙全。其畫風精麗嚴整，以金碧青綠的濃重顏色作山水，細如毫髮，獨樹一幟。在用筆方面，能曲折多變地勾畫出丘壑的變化，法度謹嚴、意境高超、筆力剛勁、色彩繁複，顯現出從小青綠到大青綠的山水畫發展與成熟的過程，是我國山水畫派的奠基人之一。只可惜其作品皆已散失，竟無一例存世。睿宗點名要他陪葬橋陵，可見對李思訓人品、才華、書畫非常喜愛，願與其永為君臣，常相廝守。

「老大，我們來這裡究竟是想要幹嘛？」青峰左右打量了一番，「周圍紫氣浩蕩，讓人實在很不舒服。」

「我要進墓裡拿一些東西。」我淡淡道。

「什麼東西？」

「不太清楚，皇帝老兒要我到他老爸李旦的棺材前再打開他給我的錦囊，說裡邊有提示。」我從懷裡掏出錦囊，在手裡拋了拋。

剛往前邊再走一步，突然聽到幾聲震耳欲聾的尖銳吼叫。十幾道勁風猛地迎面撲了過來。那幾個聲音快如閃電，交錯地劃破空氣，發出陣陣雷霆般的聲響。

青峰手掌一翻，用視線鎖定了一道影子，右腳一點一滑，飛快地閃到它身旁，重重地用化魔掌打了過去。那虛影慘叫一聲，狠狠地撞在雲麾將軍的墓壁上，塵土飛揚。

我定睛一看，居然看到了一隻石頭雕刻的雙頭怪物。這怪物背上的雙頭曲頸相連，兩隻獸頭雕成變形龍面，巨眼圓睜，長舌至頸部。兩頭各插一對巨型鹿角，四隻鹿角權椏橫生，意象極為奇異生動。通體髹黑漆後，又用紅、黃、金色繪獸面紋、勾連雲紋。方座浮雕出一些幾何形方塊並飾菱形紋、雲紋、獸面紋。虬曲盤錯的巨大鹿角，最奇怪的是，對稱獸體和穩重的方形底座構成了一股神秘的氛圍。

「倒楣，居然是鎮墓獸。而且少說也有十二隻，虧本了！」我鬱悶地大喝一聲，「青峰，退開。青蓮出鞘，口顫蓮花，生於廝而長於廝，塵歸於塵，土歸於土。驅邪萬魔封印。疾！」

手中的符紙化為一攤火光，猛地飛散成十二道橘紅色的光焰，呈輻射狀竄出，直直打在了那十二頭鎮墓獸身上。石頭雕刻的怪物在火中痛苦地掙扎，驅邪萬魔封印可以除去非生物上附著的妖物和靈力。

但是這一次，屢試不爽的方法卻沒有太大的效果。

那十二隻鎮墓獸又是一陣低吼，狂嘯著從火中跳出，還好死不死的全都向我衝過來。我急忙在腿上貼兩張神行符，一溜煙地就往外邊逃。那些石頭怪物居然得理不饒人，死命地緊追著我不放。

「青峰，給老子頂住！」我大喊，青峰應了一聲，撐開納雹結界，將我罩住。十二隻鎮墓獸四隻眼睛變得通紅，拚命地撞擊結界，原本結實的結界立刻變得搖搖欲墜。我喘著氣，連忙拿出符紙加了幾層。終於安全一點了！

「老大，這些鎮墓獸究竟是怎麼回事？妖氣大得嚇人，連你的符咒都沒用處！」青峰後怕地看著外邊的石頭妖物。

我嘆了口氣，「你以為這些鎮墓獸是那些墓葬中常見的一種怪獸？這裡可是皇墓！

這裡的鎮墓獸可都是些為鎮攝鬼怪、保護死者靈魂不受侵擾，甚至阻撓盜墓者而設置的一種冥器，是成千上萬的術士花了很大工夫才製成的。靠，那個李隆基，居然沒把這些東西說清楚。難怪要我來，如果是普通人，早就嗝屁不知道多少次了！」

「不過說起來，這些怪物倒是雕刻得怪模怪樣，有些我都不太認識。」我在結界裡用手撐住下巴，仔細地看著外邊的鎮墓怪。

據《周禮》記載，有一種怪物叫魍象，好吃死人肝腦。又有一種神獸叫方相氏，有驅逐魍象的本領，所以皇家常將方相氏立於墓側，以防怪物的侵擾。還有一說，這種方相氏有黃金色的四隻眼睛，披著熊皮，穿紅衣黑褲，乘馬揚戈，到墓壙內以戈擊四角，驅方良、魍象。

方良為危害死者的惡魔，人們借助方相氏的力量來驅趕它們。不過根據鎮墓獸頭上的雙角推測，這些鎮墓獸應與「辟邪」或「靈神」、「士伯」這些怪異有一定的關係。頭痛。這些怪物高達兩丈，比四個我都長，而且似乎還有躲避術法攻擊的能力，實在麻煩得很。不管長相怎樣，但肯定不是方相氏。那這些玩意兒究竟又是些什麼？

我大腦飛速回憶著從前的一切典故。記得自己曾經在某個儺儀上看到過這十二個怪異的形象。所謂儺儀是四季驅邪逐疫的儀式。在周朝時，就有人認為自然的運轉與人事的吉凶息息相通。四季轉換，寒暑變異，瘟疫流行，鬼魂乘勢作祟，所以必須適時行儺以逐邪惡。儺儀中的主神是方相氏。兩漢，儺儀中出現了與方相氏相配的十二獸。魏晉南北朝隋唐沿襲漢制，儺儀中加入了娛樂成分，方相氏和十二神獸角色，由樂人扮演。

這麼說，儀式中的十二神獸，應該就是眼前的十二個鎮墓獸。如此一來，似乎有個辦法能夠順利地驅除它們！不管了，冒險試試！

我先在自己周身布下好幾個堅固的結界，這才掏出幾張符紙，喊了一聲：「青峰，站住不要動！」

青峰一聽，納霓結界頓時崩潰。他下意識地渾身打了個冷顫，也不顧那些怪獸的攻擊，飛起身就想逃，邊溜還邊大喊：「廢話，不動才怪，老大，別以為我不知道你在打什麼算盤。死都不要！」

「別說得那麼絕情嘛，又死不了。再這樣主人我可是會傷心的！」我早料到了他的行動，雙手一翻，手上的第一張符紙頓時化作一道驚雷，硬生生將他從空中砸到地上，砸出了個半人多高的深坑。四周的鎮墓獸被巨大的風壓震得散開，被拋出老遠，卻立刻又像沒事一般擺擺腦袋站起身，再次嘶吼著跑來。

「宇宙萬千微塵，化入無我之境。變萬物為我，化我為萬物。諸神雖有靈犀，但求心結千千，皆有你我。心有靈犀者可變我。化我為身咒，疾！」

指間的符咒一陣輕顫，從我手上飄浮到空中，散發出柔和的黃色光芒。在那些光芒中，我閉上眼睛冥思苦想，最後張開眼，用手一指青峰的方向，只見那道黃光微微閃爍，就這麼衝入他的體內。

於是，青峰劇烈地顫抖起來。衣服猛地被膨脹的肌肉撐破，他全身的血管都鼓脹暴出，只見他英俊得不成人樣的臉因為劇痛而變得扭曲，身材也越來越壯碩。直到催長到兩丈高。這才好不容易停了下來。

這時的青峰，已經成長成身披熊皮，頭套面具，上有黃金鑄成的四目，上衣玄色，下裳朱色，執戈舉盾，率領眾隸，驅逐疫鬼精怪的方相氏。

這就是「化我為身咒」的用處。能夠將心裡所想的形象實質加在自己或他人身上，效果很明顯，用處也很廣泛。可以說是最頂級的變身術法。之所以沒有廣泛被使用，甚至最後湮滅在歷史中，完全是因為這個術法中存在著一點小小的缺陷。在使用時，由於術法會大幅改變受術者的體型相貌，隨之更伴有劇烈到足以令人神經失常，甚至瘋掉死掉的疼痛，所以，就連發明這個術法的人也沒有使用過。

這東西也是很久以前在書裡看過，胡亂記下來的。這次一用，居然效果很好。只不過看青峰的樣子，恐怕也痛到了崩潰的邊緣。果然會很疼，幸好沒有因為好奇用在自己身上，不然那才叫慘。

那十二隻石頭鎮墓獸見到方相氏猛地出現在眼前，驚叫一聲，掙扎也沒有掙扎，怕得躲到角落顫顫發抖，我拉著已經痛得基本上暈眩，如同行屍走肉一般的青峰，趁機走過去。

在雲麾將軍李思訓墓外，橋陵東南方約三公里處，有一座邊長二十丈、高五丈的覆斗形土塚，塚上長滿松柏灌木，塚南聳立一塊高大的青石碑，碑上鑿刻五個遒勁有力的大字。「唐睿宗李旦陵」。

這遒勁的大字，似乎出自李旦本人之手。自己為自己的墓穴取名字，果然不愧為有名於世的讓皇帝，為人懶散，得過且過，沒有大志。但人卻很有趣。

大唐對歷朝歷代的祖宗陵墓都有很好的保護措施，並定期維修。在帝陵保護區內不許百姓居住，就算附近的耕種者，也一律得承擔保護陵區內所有石刻像和林木的責任，作為回報，政府不徵收農業稅。一般而言，在陵墓附近縣城的縣誌上，都有對本地陵墓的詳細記載。我來時也稍微調查了一下，這位讓皇帝的橋陵陵前，石刻數量和種類有四十多種。值得小心注意的有六種。據說登高時，還可以清楚看到這座陵園南門的雙闕台及石獅、石馬、華表等物。

我讓青峰跳得老高，借用他的眼睛把周圍一切看得清清楚楚。好不容易才發現了陵墓的真正位置。

「青峰，挖。」我用腳到處測量了一番，然後指了一個地方衝青峰囑咐道。

青峰為難地看著腳下的青石路面，撓撓腦袋。「主人，這似乎不太好挖。最重要的，似乎太明目張膽了一點。您不是老教育我，為人要低調嗎？這可是隨時都會有人來往的主幹道。」

「屁話，皇家墓園。哪有那麼多吃飽了沒事幹，不怕掉腦袋的人偷跑進來。」我不屑地從鼻孔裡噴出一股氣。剛說完，不遠處就傳來一陣微微響動。

不是吧，哪有那麼巧的？那人不會是存心想來拆我台看我笑話的吧。顧不上教訓在一邊狂自偷笑的青峰，我掏出一張符紙，唸了幾句咒語，我們兩人的身影頓時越來越淡，最後徹底消失在空氣中。

就在我們剛隱起身形的後一瞬，一名著黑色夜行衣的人衝了進來。什麼玩意兒，實在是沒有點常識，居然在大白天穿夜行服，說他心裡沒鬼，絕對不是存心想幹偷雞摸狗事業的人，也不會有人相信。實在太過分，太明目張膽了。比我還有膽識，夠笨，我喜歡！

那黑衣人用力捂著左手，明顯是受了傷。緊身衣嚴嚴實實地籠在她身上，曲線盡顯，該凹的地方凹，該凸的地方凸，竟然還是個身材姣好的女子。

「青峰，這女子好像有點似曾相識的樣子。」我指著那女子悄聲說。

「難道是老大的老情人？」青峰疑惑地隨即搖頭，「不可能，如果您真有機會交往老情人，那姐姐早就發飆到把整個長安都毀掉了！」

「你就不能想得正常點！」我氣不打一處來的狠狠敲了他的腦袋一下。

「都怪主人，原本我還算聰聰明明一個妖魔，被您又折磨又打頭，敲都敲笨了。」他委屈地捂住頭呻吟起來。靠，淨學些人類的壞毛病，都不好意思承認那白痴就是我僕人了。

我瞪了他一眼，轉入了正題。「這女人，就是昨晚在梅閣，偷襲我的隱形人。很有可能，是影族遺留在外的孤兒。」

「老大，這您都知道？」青峰大為佩服。

我得意地嘿嘿笑道：「廢話，作為你足智多謀的主人，我早就趁機在她身上種下引蝶香。那東西無色無味，不容易被發現。但用相應的法術，就能感應到。剛才一看她就覺得眼熟，法術一試，果然就是那人。」

手中綠色的火苗幽幽燃燒，在無風的空氣裡，依然搖晃向那女人所在的位置。

「說起來，她還中過我的零露咒，對你產生了莫名其妙的感情。要不要稍微犧牲點色相，勾引她過來，好好問問這女人的底細？」看了一眼又準備溜掉的青峰，我惡毒一笑，拉住他的衣領又道：「放心，愛情這種東西又害死不了你。何況人家還只是單戀。多有趣，這女人猛一見你，說不定一興奮，就什麼東西都毫無保留地說出來了。」

說著便一把將他扔了出去。

青峰的身影在空氣裡迅速顯現出形跡，劃過一道弧線，準確地向那黑衣女子飛去。那女子大驚失色，身形如同驚弓小鳥般往後一退，身影變得黯淡，似乎有隨時都會隱入空氣裡的可能。

「零落成泥碾作塵，只有香如故。黃昏獨愁，更著風雨，寂寞開無主。」我大喝一聲，手中符紙翻飛。「孑然一身，梅花何堪淒涼。不如盛開，現我蹤跡。孑然凝身咒，固！」

符紙化為一道火光，從身後擊中了因為突變而變得稍微驚惶失措的女子，猛地隱入她的背後。而她的身影也從半透明狀變成實質，短時間再也沒有辦法行化實為虛的術法。

「你們是誰？」她看到青峰的樣子，不知道自己該怎麼反應，只是慌亂地捂住了本來就遮蓋得嚴嚴實實的臉，不知是不是在發紅。再看到我時，終於驚訝地叫出了聲音。果然是個年輕女孩，聲音十分悅耳。到藝館賣唱的話，一定會勾引到一大堆無聊的白痴去聽。

我微微笑著，「我們是誰不重要，重要的是，我們現在正在為當今聖上辦事。」

話音剛落，那女子猛地右手一揮，向後急退。一道銀光飛快向我射來。青峰的動作更快，他輕輕一移位，抬手就將那道銀光抓住。居然是一把小刀，鋒利到可恥程度的小刀，刀身上還淬了劇毒以及詛咒，猝不及防下被刺中，普通人肯定會在幾息的工夫裡迅速萎縮而死。

果然是個厲害的殺手，天時地利人和都沒了，還是掙扎到底。

只是她遇錯了人，居然遇到了我倆。

「青峰，斷魂刃，用剎步衝到前方三丈五尺的地方。」我喝了一聲，掏出一張符紙隨風一晃。「天地玄黃，萬物之源。結善惡之網，羅罪惡之人。天羅地網，疾！」

少女前進的方向頓時唐突地幻化出一張巨大的蜘蛛網，前進無路的情況下，青峰的斷魂刃已經砍到了。散發著幽綠光芒的三寸光焰迅速劃破空氣，發出尖銳的刺耳聲音，帶著強烈的壓力，狠狠地向她背後砍去。

少女飛快地抽刀轉身，雖然將斷魂刃成功抵擋住，但身體也被震得向後猛飛，然後一頭栽進網裡，被黏得嚴嚴實實。

我樂呵呵地走過去，使出掌心萬物的法術，將她連人帶網全都縮小到可以放入囊中的大小，然後塞入衣兜裡。

用力拍了拍身上的灰塵，我又指了指地面，吩咐道：「青峰，繼續。現在應該不會再有人打擾我們勞動了。給我用力挖！」

話音剛落，遠處又傳來了腳步聲……

第九章 善惡

李旦是唐高宗李治和女皇武則天的第四個兒子，有人說，他其實是一個聰明睿智，興趣廣泛、多才多藝之人。

他擅長書法，喜好文學，卻對本應對他來說最為重要的政治和皇權太不熱衷。

李旦第一次做皇帝，是在高宗故後、武后專權時期，他接替了只當了兩個月皇帝的哥哥唐中宗李顯的位置。但他這次做皇帝也同他哥哥一樣，就像在玩過家家，僅在很短的時間內，因為女皇的政治需求而迅速登基，又因大周王朝的創立而被武則天瞬間推下帝位，真可謂是來去匆匆。

李旦第二次即帝位，也是一次宮廷政變的結果。武則天死後，太子李顯再次登基，大唐的政權迅速被皇后韋氏掌控。五年後，唐中宗李顯吃了韋皇后的點心師做的甜餅而突然暴斃，韋皇后秘不發喪，把中宗唯一的兒子李重茂推上皇位，史稱唐殤帝。

武則天的女兒太平公主聯絡李旦的第三子臨淄王李隆基發動兵變，徹底粉碎韋皇后欲當女皇的夢想，從而再次把相王李旦擁上皇權的頂峰。

這李旦本是一個性格軟弱的人，在太平公主和李隆基的明爭暗鬥中，在位不到兩年，便將這令千古英雄競折腰的九五之尊讓給兒子李隆基，自己悠哉樂哉做太上皇去了。

去年夏天，太上皇李旦崩於百福殿，年五十五歲。群臣商議後，定其廟號為睿宗。冬十月，葬於北山山脈東部的橋山，名為橋陵。橋山外觀並不很陡峭，但山峰挺拔，氣勢雄偉，主峰南坡呈六十度角傾斜，表面裸露著大片灰白色石灰岩，只有少量低矮灌木從岩石縫中伸展出來，為這座堅硬的石山點綴些許綠色。主峰兩側各有較低而綿長的小山一座，與主峰相連，渾然若一把高背太師椅和兩個扶手，又似一隻雙翹左右展開的鳳鳥，將睿宗的陵宮環擁在自己的胸膛上。這樣神話般奇特的山峰走勢，正是橋山被選定為帝王陵寢的主要原因。

在這位太上皇的陵墓前，原本是不允許任何皇家以外的人到來。可是現在，卻接二連三的有人進入，幾乎快成了菜市場。

這次除我們以外進來的第二波人，依然只有一個，依然是個熟人。正是那在梅閣外牆，一劍傷退影族女子的白衣人。他還是蒙著面紗，看不清模樣，腳步仍舊悠閒，在這皇家墳墓中緩步前行，像是走在自家的後院裡一樣。

我和青峰隱住身形，對視一眼。這男子靠近後，突然停住，嘴角的面紗微微一動，似乎在笑，然後突地腳步一閃，右腳在地上飛快一點，只見一個人影猛地以極快的速度向遠處竄去，追都追不及。

很明顯地，那傢伙肯定發現我們了。恐怕也是想入陵墓中幹一些偷雞摸狗的勾當，不願意和我們多做糾纏。

「好厲害的傢伙，他的身法不比姐姐差。」青峰冷汗直流，深深吐出口氣評價道。我皺緊了眉頭，居然有人能夠讓身為大妖魔的青峰有如此謹慎的表情，這人，絕對應該注意！而且，為什麼昨晚出現的兩波人，全都不約而同地來到太上皇李旦的陵墓前，難道，他們的目標和我們一樣？那個混蛋皇帝，究竟想要我進去拿什麼東西？

看來，再不能悠悠閒閒慢吞吞地混時間了，早點進去，先一步將東西拿到再說。

我看了青峰一眼，「青峰，解開百分之三十的封印，將左手臂化為原始形態。」

說完便捏了幾個手印，用契約法術把加在他身上的封印稍微打開一道口子。青峰頓時興奮起來，滿頭的青色髮絲在空氣中無風自動，一波又一波如有實質的能量波動在他的周圍不斷凝固，帶著強烈的氣息衝天而去。

沒多久，青峰的右手臂逐漸變成一隻怪異的獸爪，五彩斑斕，一看就知道極為危險的光芒縈繞在手臂四周。

「好久沒這種感受過了，我的力量！」青峰滿臉冷酷，性格似乎也在力量的極度膨脹中變得扭曲，變回了封印他以前的狀態。

我臉部肌肉一抽，狠狠一拳頭捶在了他頭頂。「踐什麼踐，還不給我挖。」

青峰滿臉囂張的正要變臉發怒，猛然抬頭看到我陰笑的神色，頓時氣焰盡滅，鬱悶了半天才道：「主人，這麼大陣仗，我還以為您要我把整個墳墓都掀個底朝天，弄了半天，還是要我挖啊！」

「廢話。我不是老告訴你，做事要低調嗎！」我在他額頭上又來了個暴栗，理所當然地說道：「你主人我天性善良，一向為自己人著想。」指了指他的爪子又道：「你看，都給你工具了，還不給我挖快點。」

青峰完全無語，一副隨時要倒的樣子。最後，才發洩似的埋頭苦挖起來。

一路無話，他挖了多少，我就走進去多少。有了工具力量膨脹的青峰果然進度很快，沒多久就將洞打到了陵墓裡。隨著不遠處阻隔開胚土的石板在青峰的利爪下轟然向裡邊倒塌下去時，一個黑暗，空蕩蕩的地方立刻露了出來。

我伸頭進去四處打量了一番，接著又皺起眉頭。「奇怪，為什麼沒有術法的波動。一般皇家陵墓裡，機關、詛咒、攻擊和防禦術法多不勝數。這裡居然一個都沒有。」

心裡，頓時升起不太妙的預感。

青峰在掌心化出一顆能充當臨時照明用的光球，將四周照亮。視線所及的範圍，眾多召喚石像橫七豎八地倒在地上。而地上，機關似乎有被觸動的痕跡。果然，已經有人先我們一步闖了進去。

彎腰在地上撿了一根弓弩的箭頭，只見它已經被一劍砍成了兩段。斷口處很新，看來應該是剛斷不久。恐怕掉在地上的所有機關都是如此。來人，好高的身手。不但憑著高超無比的劍技蠻橫地破除了所有的術法，而且根本就沒有停頓地向裡走。

光想像那份功力，都令人不寒而顫。

「不好！」我大叫一聲，一邊帶著青峰朝擺放靈柩的墓室跑，一邊掏出李隆基給的錦囊打開。裡邊龍飛鳳舞的只寫有兩個大字：玉璽。

太上皇李旦的靈柩裡，棺材蓋大開。那玉璽，早已經沒了蹤影……

「請皇上恕罪，草民沒能順利拿到玉璽。辜負了皇上的信任。請皇上治罪。」我在御書房裡大聲請罪，但雙膝依然硬挺挺地支撐著身體，沒有絲毫可能跪下去的行動。

出乎意料，李隆基並沒有動怒，只是走到窗前，望著窗外隨風搖動的怒放花朵，許久才嘆了一口氣。說道：「夜不語，你知道那是什麼玉璽嗎？」

「草民不知。」雖然自己內心是有些猜測，不過現在還是裝笨點好。

「玉璽分很多種，有批准公文用的公章，也有命令內府用的私章。但有一個玉璽卻很特殊，掌握著皇家的一個秘密。手裡拿著那塊玉璽，就能調動歷代積累的隱藏力量。如果那個玉璽，真的已經落入了那個女人的手裡，事情就麻煩了！」李隆基苦笑。

所謂的那個女人，恐怕只有一個，就是太平公主。不過如果那玉璽真的有調動皇室隱藏力量的作用，對眼前的這位而言，事情確實會很糟糕。這個李旦果然是個聰明人，他害怕自己的兒子萬一鬥不過太平公主這婆娘，便在任何人都不知情的狀況下，特意將玉璽帶入自己的墳墓。也給兒子留下後手，讓他有東山再起的機會。但不知為何，李隆基和太平公主同時知道了這個秘密，都派出高手去太上皇的靈柩裡偷玉璽。說不定，原本這高明的一招，現在反而有可能替自己的兒子掘了墳墓。

只是不知道那位功力高深到莫名其妙的白衣男子，是不是太平公主的手下。

「看來，事情真的不能再拖了。」李隆基坐回了龍座，煩躁地將一張紙撕碎，望著我，一個字一個字的緩緩道：「看來，計畫要提前了。」

計畫？什麼計畫？在完全不知情的情況下，我突然變成了民族英雄，而事情也向我完全想不到的形勢發展開來。

有人說女人心海底針，但就算那根海底的針，也有被人刻意抹去的時候。就在李隆基說要提前進行計畫的三天後，一件舉國震驚的事情發生了。

由於王皇后一直都沒有身孕，在後宮的處境極為尷尬。她的哥哥王守一這時已是玄宗的妹夫、薛國公主的駙馬了，他當然也對妹妹的處境十分擔憂。

常言道「病急亂投醫」，王守一四處打聽之後，找到了一個叫明悟的左道僧人，這個明悟在一通作法之後，鼓搗出一塊「霹靂木」，上面刻著天地字樣以及李隆基的名字，交給王守一說：「佩此有子，當與則天皇后為比。」

王皇后聽了這話，萬分高興，她當初能夠直接參與丈夫殺韋后的密謀，不用說也是個對權力有欲望的女人。如今變心的丈夫對自己已無往昔恩愛，她當然更渴望權力，希望將丈夫控制在自己手心裡。

然而，事情並不像王皇后所想的那麼完美。這個消息很快就走漏了風聲。大吃一驚的李隆基立即親自過問此事，事情很快真相大白。面對人證物證，李隆基怒不可遏，於兩天後頒布詔書，詔告天下：「皇后王氏，天命不佑，華而不實。造起獄訟，朋扇朝廷，見無將之心，有可諱之惡。焉得敬承宗廟，母儀天下？可廢為庶人，就別院安置。刑於家室，有愧昔王，為國大計，蓋非獲已。」

王皇后立刻被廢為庶人，太子少保王守一先被貶為澤州別駕，隨後又被賜死。三個月後，王庶人死在冷宮中，死因成謎。不過那又是後話了。

這件事的牽連極大，就連太平公主也被牽扯進去。有一大堆證據在早朝時被擺在皇帝以及眾位大臣的面前。

證據羅列出太平公主李令月挑撥離間，差人裝成那個叫明悟的左道僧人蠱惑王皇后造反。並多次遊說王皇后，誤導王皇后，讓其對梅妃的恨意日漸深沉。最後還唆使王皇后在梅妃的臥室裡偷偷換了焚香，買通宮女在素三彩鴨薰中放入麝香，令梅妃流產，最後致使梅妃鬱鬱寡歡下在疏影閣自縊。

有確鑿的證據證明，太平公主這一連串的陰謀，旨在破壞朝綱，擾亂後宮秩序，迫使聖上無法顧及她的小動作，令她可以後顧無憂地準備造反的逆天之事，做第二個武則天。

更有證據指出，太平公主欲於七月四日作亂。唐玄宗以及眾臣大怒，立刻斬殺了太平公主的黨羽，常元楷、李慈、蕭至忠、岑羲等人。竇懷貞聽到消息後，當天便在家中自縊。

第二天，唐玄宗下令，賜死太平公主李令月。太平公主聽了冷笑了一聲，將太監遞過去的毒酒一掌打翻在地，然後舉旗真的造反起來。

唐玄宗龍顏大怒，親自率兵將十萬將鳳鸞殿層層圍住，一場慘烈的政治內戰就此展開。

景雲三年七月十三日，天氣晴，無雨。東都洛陽，卻在上演著一場腥風血雨。李隆基揮兵十萬，在鳳鸞殿外圍的朱雀門和太平公主的六萬精兵狠狠撞擊在了一起。一時間血肉橫飛，殘肢斷腿四處都是。

我和青峰站在遠處的瞭望車上，身旁便是當今聖上李隆基。他微笑看著眼前的一切，似乎非常滿意，看了許久，才從目不轉睛的狀態中回神，看了我一眼。「要不要做筆大買賣？」

「什麼買賣？」我詫異道。

「很划算的買賣。」這皇帝大笑了幾聲，「跟我進去活捉太平公主，她伏罪後，鳳鸞殿中的財物你可以隨意拿走。」

「很有趣的買賣。我當然沒有反對的必要。」不是沒必要，而是根本不可能。雖然接觸的不多，但對這位臉上總是帶笑的皇帝，我倒是有深刻的理解。對他而言，所有人都是螻蟻，其他的他都可以不管，但唯獨螻蟻不聽話時，不論是誰，都會毫不猶豫地抹去。我還沒有傻到去摸皇帝屁股上的逆鱗的程度，所以，還是稍微聽話點、傻一點好。

「那好，我們這就進去！李公公！」他大喊了一聲，頓時，在他身旁唐突地冒出了一百一十一個身穿黑衣的蒙面人。是影族。這才是皇家真正的影族，光看氣勢，都和那天偷襲我的影族小姑娘完全不一樣。這些人是真正的高手，不知道殺過多少人。一旦現出形跡，那種肅殺的感覺就會直衝雲霄，使得周圍充斥血腥味。令人不舒服。

最令人意外的是，李公公居然也是影族，而且身手高超到誇張的地步。看來，皇帝有恃無恐，果然是有自己的道理和本錢。

「陛下，請勿以身犯險。請讓老奴進去將公主擒下。」李公公尖著嗓子跪下道，一副心腹忠臣的模樣，看得讓人討厭。

「不用，畢竟裡邊的人是朕的姑姑，朕有責任看她走完最後的路。」李隆基向鳳鸞殿深處眺望，「我心已決，李公公，快送我們進去。」

看不出來，他還具有強烈的冒險精神。

李公公不再說話，一揮手，影族一百多人頓時人影閃爍，圍著我們擺出一個怪異的陣勢。他們的移動速度越來越快，猛地眼前一黑，再有光線亮起時，我們一行人已經來到一個寬敞的所在。

我揉了揉眼睛，這裡，居然是鳳鸞殿的正客廳。

太平公主正高高地坐在主人的位置，她身前擺放著那口黃金棺材，一群人正圍著那口棺材不斷地施著某種法術。

她看到我們唐突地出現在不遠處，神色並沒有慌張，只是看著李隆基，一眨不眨地看著，最後嘆了口氣。「陛下，你終於來了。」

「姑姑，你不該拒絕那杯毒酒的。」李隆基拉過一把椅子，大馬金刀地坐在客廳的正中央。「敗局已定，姑姑，放手吧。」

「放手？你叫我怎麼放手？我根本就沒有選擇。」太平公主苦笑了一聲，「我知道皇上，你一定不會放過我。但為什麼不多給我一天，就一天。我只想要再多一天時間。」

「一天？難道要我真的等妳準備好了，搶了我的位置？」李隆基冷笑。

太平公主微微搖了搖頭，「你根本就不知道本宮在找什麼，本宮究竟想要什麼。如果本宮真的想要你的皇位，這麼多年，這麼多的機會，本宮早就坐上當年母后坐過的位置。」

「妳還想要什麼？事情到了這個地步，姑姑，妳狡辯也沒用了。」李隆基哼了一聲，「不錯，以前妳確實有很多除掉我的機會。但那時候時機並不成熟，就算朕駕崩了，妳也永遠沒有機會坐上去。妳以為我不知道，妳的第一任丈夫，城陽公主的二兒子薛紹，就是妳陰謀害死的。妳同父王一起作為李家的代表參與了武李盟誓，看起來是為大唐的基業做貢獻，實際上，妳暗中做了許多的手腳，同時也掌握了更多的權力。妳，恐怕比朕更愛權力。」

「我不是！」太平公主又搖了搖頭，「你不會明白的，我這麼愛權力，並不是因為真的愛，而是，我需要權力來為我做一件事情。」

「什麼事？」李隆基有些驚訝。

「我要找一個人！」李令月的眸子猛地閃了閃。

「找一個人？就為了找一個人？」李隆基愣住了，然後大笑，狂笑，笑得咳嗽連連。「妳為了找一個人，不惜誣陷自己的丈夫，不惜踩著一堆又一堆的屍骨往權力的巔峰上爬？別當我還是三歲的孩子。」

「丈夫，哼，那是他罪有應得。如果他不死，不要說你是不是還坐在皇位上，恐怕大唐整個江山都要改姓了。」太平公主冷笑了一聲，她看著在術法中閃爍出五彩光芒的黃金棺材，眼神頓時又柔和起來。「我這麼多年來，確實在找一個人。一個我這輩子最愛的人。」

「愛情，這種東西真的很神奇而又平凡。但就是這種平凡人家的感受，皇家人卻永遠也得不到。陛下，就像你的梅妃，你捫心自問，你是真的愛她嗎？還是最愛你自己？

但是他不一樣，我愛他，勝過愛我自己！

第一次見到他時，我才十七歲。那天我記得很清楚，自己一時貪玩，有種想出宮的衝動。於是我就真的出宮了，在一個湖邊遇到了他。

那時候他默默無名，卻有高深的劍法。他在湖邊練劍，湖中的水、林中的葉子全都圍繞著他飛翔。他似乎察覺我的偷窺，轉頭衝我笑了一下。

就那一下，我的身軀僵硬，滿臉呆滯，腦中全是他乾淨的眸子，和那道淡淡的笑容。就在那一刻，我的心跳立刻便告訴了我一個事實。

就是他了。他就是我的丈夫，一輩子的丈夫，一個將要陪我走一生的人。而我，從此以後，只會有他一個。

「我要嫁給他！」

太平公主的眼眸流出了一絲淚水，神情恍惚地望著窗外。「但是我卻沒有嫁給他。比武招親的時候，他毀約了，沒有來，更從此消失在我的世界。於是，我嫁給了薛紹。這個男人需要的只是長公主駙馬的名號，他是個極有野心的人，他想當皇帝。說我誣陷他，不過是他罪有應得罷了。這麼多年來，我只有一個目標，就是將我深深愛著的那個負心男人挖出來，不論用什麼手段，不管因為這件事，會死多少人。我都不會管，我只想看到他，哪怕只有最後一眼，我也想見他！」

鳳鸞殿的正客廳裡陷入一片死寂，許久都沒有人出聲。只有那群術士，以及發光的黃金棺材還在微微散發氣息，讓人不會產生時光停頓的錯覺。

又過許久，李隆基才深深吸了口氣，喝道：「撒謊，差點被妳騙過去了。那口黃金棺材是妳花萬兩黃金，從一個商代的『千魔羅天塚』裡偷出來的。別以為我不知道，那口棺材裡封印著一隻大妖怪，哼，妳在那裡煽情拖延時間，其實是想將裡邊的妖怪喚醒，趁機將我們全部殺掉。來人啊，給我將那口棺材毀掉！」

李公公應了一聲，帶著一百一十一個影族飛也似地朝黃金棺材的所在衝去。

「不要。」太平公主慘叫一聲，一直天塌不驚的神情變得驚惶失措。她跑下台階，似乎想用柔弱的身軀擋住影族的攻擊。

「不要管她，死活不論，將這裡所有的人都殺掉！」李隆基聲音陰沉的下令。影族悶不作聲，整齊地抽出匕首，向正客廳裡所有的術士衝去。正聚精會神對著黃金棺材施法的術士來不及防禦，一個個慘死刀下。

就在李公公的刀快要碰到太平公主的喉嚨時，一道劍氣凌空飛出，將李公公的匕首硬生生劃斷，匕首尖飛出幾丈開外，深深地刺入對面的牆壁裡。

一個穿著老舊白衣的中年人緩步走了進來。他輕輕地將李令月幾近昏厥的柔軟身軀抱在懷裡，他看著她近在咫尺的臉龐，痴痴的，最後嘆了口氣。「令月。我來了。」

他懷中的太平公主嬌軀猛地一震，拚命睜大眼睛，看著眼前的男人。「真的是你？」

「不錯，是我。高慕白。對不起，令月。我來了，沒有人能夠再傷到妳。」高慕白撫摸著她的髮絲，輕聲道。

「你老了。」李令月緩緩地伸出雙手，捧住了他的臉頰。「我也老了。」

「妳沒有老，還是那麼漂亮。」高慕白笑了笑，「對不起，我沒有實現自己的承諾，沒能娶妳。」

「不用說對不起。我知道，我早就明白一切了，全都是薛紹搞的鬼。我從來就沒有恨過你。只是，一直都很想你。慕白，這麼多年來，你都到哪去了？」

「我？」高慕白笑了起來，雖然滄桑，但卻很迷人。「我一直都在妳身旁。妳嫁人的時候，我在遠處。妳休息的時候，我在遠處。妳的丈夫死了，一直獨居，我也在妳附近。我一直都在，一直都默默的注視妳，看著妳。只是不敢走過來，哪怕一步都不敢靠近，我沒有勇氣面對妳。」

「傻瓜。算了，我們都老了。慕白，你不會再離開我了吧？」

「不會了，永遠都不會！」高慕白猛地抬起頭，一眨不眨地望向李隆基，然後從兜裡掏出一樣東西捏在手心中。「皇上，要不要和我做一筆買賣？」

「哦，什麼買賣？」李隆基微微笑著。

「非常划算的買賣。」高慕白淡然道：「只要你放過我和令月，我就將這個還給你。我們倆會徹底消失在你的視線中，過平凡人的生活。」

說著，他手心一翻，露出了一個玉璽。看樣子，或許正是那個太上皇李旦帶入棺材中，可以調動皇家秘密勢力的玉璽。

李隆基的眼睛一亮，卻沒有說話，盤算了好一會兒才道：「你是在威脅朕？」

「不敢。只是有這個玉璽在手，似乎能調動一些莫名其妙的隱藏勢力。如果用它來打擊報復，不知道會有什麼效果？如果是我的話，恐怕會終年寢食難安吧。」

「哼，我從來不接受任何人的威脅！」李隆基哼了一聲，「何況，太平公主必須死，否則會在朝堂埋下陰影，她的勢力也無法根除。」

「既然談不攏，那只有最後一招了！」高慕白搖頭笑著，揮手抽出一把長劍。隨手舞動幾下，幾道劍風立刻將對面的牆壁劃出幾個深深的痕跡。

好恐怖的氣勢，好高的功力。李隆基也微微色變，他手指一劃，影族全都動了起來。

「天雷勾動地火，萬山之巔，萬峰之頂，接萬物以封四空。萬物凝固咒，封！」一陣咒語聲響起，上百道白色的光芒猛地竄出，將整個會客廳的空氣都凝固住，四周的一切動作都緩慢起來。

我臉上帶笑，微微站在了高慕白和李令月的身旁。

李隆基怒道：「夜不語，你敢背叛我？」

「抱歉，皇上，你似乎誤會了什麼。」我微笑著，耐心地解釋。「我和您只是雇用者和被雇用的關係，現在約定已經解除了，我可以隨著心意自由行動。」

「你，好，很好。你知道這樣做的後果嗎？」李隆基氣急敗壞地喝道。

「管他的，我媽媽說，一定不要看悲劇。」我轉頭衝青峰喊道：「青峰，準備解除百分之七十的封印，看來今天要大開殺戒了！聖上，您就憑這點人馬，想要阻止我們，還剩多少勝算呢？」

李隆基陰狠地看著我們幾人，許久，這才擺擺手，頹然道：「很好，不錯。從今天起，太平公主已經被朕賜死在鳳鸞殿中。收兵，回宮！」

太平公主造反失敗，所有親兵都舉刀投降，唐玄宗志得意滿地回到長安。玄宗皇帝粉碎太平公主集團後，立即「講武於驪山之下，徵兵二十萬，旌旗連亙五十餘里」。並流放郭元振，斬殺唐紹揚威皇權，並逐步將功臣，諸王調離出京，到外地任刺史。皇權穩固之後，玄宗開始整頓朝綱，任用賢能。並在次年改國號為開元，從此開元盛世來臨。

而這個世間，確實再也沒有了權傾朝野的太平公主。那位中國歷史上最接近皇位的公主，已經死了，從此後，世上多了一個叫做李令月的平凡女人。

那個李令月和自己最愛的人過著平淡而充實的日子，二十年後，李令月和高慕白在同一天同時永遠地閉上了雙眼，幸福地埋在了一起。

享年七十一歲。

尾聲

「老大，我們這是要去哪？」青峰氣喘吁吁地揹著我在原始密林裡奔跑。

「當然是逃命，最好逃到國外去。」我在他背上悠閒地喝著小酒，「要知道，李隆基可是個小氣的男人，這次摸了他的逆鱗，他肯定會派人來追殺我們。」

「那您那天還一副大義凜然的帥氣模樣，我幾乎以為您腦袋受重創，性格失常了！」青峰撇撇嘴道：「不過那人類皇帝看起來一副隨和的好好先生樣子，應該不會逼得那麼緊吧。」

我惱怒地在他腦袋上彈了彈，「笨蛋。人類的想法並不是看表面就能看出來的，要仔細思考，要判斷。那個李隆基，恐怕早在很多年前就把這個計畫安排好了。他的寵妃梅妃的流產與自殺，那個流落到街頭，偶然被太平公主撿到的影族棄女，還有王皇后的事情，都是他一手策劃的。他利用我將他所有的陰謀堂而皇之的串連起來，而我雖然看穿了，卻沒有辦法反抗，因為他畢竟是皇帝。何況，宮廷人的死活，原本就不干我的事。他算準了我的性格，然後設下讓我上鉤的局。」

「那個在商代墓穴群中，帶有巫術詛咒的木箱子，恐怕就是他委託人送進去的。

然後想嫁禍給太平公主。」

青峰有些不解，「那太平公主的委託呢？那口黃金棺材裡又有什麼？」

「很簡單，棺材裡原本封印著一隻大妖怪。那個妖怪有一種特殊的能力，能夠使用『萬里尋蹤』的妖術。太平公主應該就是想借用這大妖怪的能力尋找高慕白。」

「還是有些不懂。『千魔羅天塚』不是已經被皇帝送進去的木箱子給破了嗎？」青峰疑惑道。

「不錯，確實破了，妖怪也都跑了出來。但太平公主不知道。當她發現黃金棺材裡已經沒有她要的東西時，她又生出了一計。」

「不懂。」青峰搖頭。

我笑起來，「其實這一計也很簡單。她故意被李隆基逮到把柄，故意將自己置於死地。然後將自己要造反的事情搞得轟轟烈烈，讓世人全都知道。這樣，高慕白如果還活著，還愛她的話，就一定會來救她。相反，她也沒有繼續活下去的理由了吧。」

「人類的情感，果然是一種難以理喻的東西。」青峰撓頭，「但那個大妖怪呢？它究竟跑到哪去了？」

「我調查過。」我緩緩道：「那群死在『千魔羅天塚』中的人都是一個小幫派，是偷草幫的人。而所有人的屍體都在，只有偷草幫老大不見蹤影，那個大妖怪應該是附在了他身上。不過，不干我們的事。這件事情，已經結束了。」

不錯，該結束的都結束了。該幸福的人，也得到了幸福。想要權力的人，終究得到了自己夢寐以求的權勢。

至少，一切都和我沒關係了。

清風吹拂過樹林，撫動青峰滿頭的髮絲，我高興地夾緊雙腿，大喝一聲「駕」！青峰便飛也似地向前疾馳，只剩下身後一片片殘葉飄零。

於是，我和我的僕人，開始了不太幸福的逃亡之路。

《塵世道》完

番外・妖怪借貸（下）

4

山川木石之怪皆為魍魎，陷人於一切虛妄與鏽蝕中。這是古代哪篇志怪中的話，說實在的，我已經記不清了。魑魅魍魎，原本的意思是百物之靈。世間的生物、一山、一水、一草、一木年歲久了，就會變為妖怪。

所以說，這個世界其實是有妖怪的，無數妖怪。種類和數量甚至比人類還要多。這是紫炎大美女給我的解釋。雖然本人仍舊難以相信這會毀掉自己三觀的事實！

我莫名其妙加入的妖怪借貸公司，實質上，和街頭的金融借貸公司似乎也沒什麼區別。只不過金融公司是借錢出去，而我們是借出人力，收取報酬。可是令自己不解的是，名字為什麼會是「妖怪借貸」？單純的叫做妖怪「好幫忙」事務所多順耳，多有親和力，也貼切得多。

紫炎笑而不答，只是說時間到了，我就會明白。

你妹的，我明明和理想中心簽合約，賣的是理想，怎麼就變成賣身了。我冤枉啊我，比竇娥還冤！

這比六月飛雪還冤的冤情，註定沒辦法申訴平反。公司的兩位美女毫不負責地將貓妖丟給我，就伸了個懶腰睡美容覺去了。

於是大晚上的，我跟這隻白色的肥貓跑在黑暗的大道上。嵐沒跑幾步就累了，賴死賴活地趴在我腦袋上裝屍體。

我正準備抗議，牠就揚著爪子惡狠狠地威脅道：「沒有誰能抓了老娘的尾巴後，還能見到明天的太陽。你如果還想找到腦袋洗臉的話，就給老娘閉嘴。」

看牠那副貓格分裂的模樣，我識相地縮了縮脖子。這母貓肯定受過感情傷害，要不然怎麼門內一副模樣，門外一個嘴臉。連自我稱呼都變成老娘了。

「這條路，怎麼越走越熟悉？」兩旁的路燈早就壞了，無人的街道上只有我在走，心裡稍微有些害怕，特別是知道這世上有妖怪存在後。夜色翻滾著，彷彿無數冤魂厲鬼在哭泣。

「當然熟悉了。」嵐抽了抽鼻子，聞著空氣裡的味道。「我所知道的最後的線索，就在你的學校裡。」

「我的學校？」我吃了一驚，「那裡也有妖怪？」

「在我們看來，你們人類才是妖怪。」貓妖舔著爪子，「你看了我帶來的資料，怎麼想？」

我眨巴著眼，「沒想到你的字寫得還挺好看。資料上的訊息不多，只是詳細記載著哪一天哪種生物湊過來主動變成了你們的食物。而貓，是從半個月前開始陸續死亡的。」

「死得很慘，腸穿肚爛。所有貓屍上都有被啃食過的痕跡。」嵐憤恨地說：「可我偏偏無法確定吃掉我族人的，究竟是什麼東西。」

「我知道了，背後一定肯定以及確定是有一隻法力高強的大妖怪在暗中指使。小說漫畫裡不是經常這麼寫嗎？」我撇撇嘴，推理道：「那個大妖怪因為某種需求用妖術把食物送到你們貓口底下，養肥了宰來吃。你們就是它圈養出來的糧食儲備。」

「白痴，你以為大妖怪這麼容易碰上。」肥貓冷哼道：「臭小子，你不知道什麼才算是大妖怪。真有大妖怪在暗中作祟，我也不用委託妖怪借貸公司，它根本不需要耍手段。那個吃掉我族人的傢伙鬼鬼祟祟的，肯定有更大的陰謀。」

說話間，學校的圍牆已經在望了。

「混沌學院裡有好幾個警衛在巡邏，我們該怎麼進去？」我揉著鼻子。

「等我一下。」嵐從我腦袋上跳起，如風般飛竄。幾秒後又無聲無息地回來了，示意我翻過圍牆。

我猶豫了一會兒，終於屈服在牠的淫威下。剛翻過圍牆就看到學校的警衛拽著手電筒，躺在牆邊上熟睡。手電筒沒關，幾道刺眼光線直穿天際。嵐聞著氣息，領著我在學校裡轉圈。走到操場時，終於停下了腳步。

「這裡，有妖氣！」牠用肥肥的爪子拍著PU跑道。清冷的月光下，牠指的位置骯髒著一片殷紅血跡，夜色中，這團血顯得特別妖異。

我頓時驚訝起來，「今天早晨，我班上一個同學死在這裡！」

「確實是人死後的臭味。」貓妖用鼻子確認，「他是怎麼死的？」

「不太清楚，聽朋友說一大早住校生晨練時，偶然發現了他的屍體。據說死得很慘，屍體上有無數抓痕，身上的肉也被吃了一大半，脊椎和肋骨都露了出來。吃他的生物就連內臟也沒放過。最後只剩下個空殼。」

嵐瞇了一下幽綠色的眼，「你朋友，是什麼樣的人？」

「他叫張亮，是個影子，甚至比影子更不起眼。從來不跟別人交流，也很少說話。我除了他的名字外，對他的一切都不了解。」我嘆了口氣。雖然不是我朋友，可是身旁人死了一個，還是令自己有些黯然。

貓妖繞著那團血跡走了半晌，才說：「奇怪，真是古怪。我們去趙亮家查查。」

「教師辦公室有聯絡簿，上頭一定有他的住址。」我不解地問：「他跟你的委託，真的有關聯？」

「你知道他真正的死因是什麼嗎？」嵐的音調憤怒到顫抖起來，「他是被貓吃掉了。」

我猛地瞪大雙眼，再也沒有廢話，以最快的速度弄到趙亮的地址後，朝他家跑去。陰謀的味道越來越濃烈！人真的會主動讓貓吃掉。我認為不可能的事情發生了，可人類卻至今還被蒙在鼓裡。如果再不挖掘出真相，恐怕會有更多人受害。

趙亮的家並不難找，沒想到就在離學校不遠的富人區。他居然是城裡有名的趙家快餐連鎖的公子。

嵐弄暈了別墅保安以及傷痛中的趙亮父母，又在謹慎的我的指示下掐斷了電源以防止有監視器存在。這才偷偷摸摸地走入他的房間。

趙亮恐怕在家裡也是個彆扭沒有朋友的人，他可能患有社會關係障礙症。也就是俗稱的宅男。房間足足有五十幾平方公尺，四牆除了門外，就全是書架。架子上滿滿的擺放著漫畫與動畫光碟，甚至還有大量從日本淘回來的手辦。

剛進門的時候，我甚至被一個真人高的手辦嚇了一跳。只是這傢伙的口味有些特別。我嘖嘖稱奇的隨手翻了幾本漫畫，調侃道：「我的這位同學，看來是個嚴重的貓控。所有漫畫、輕小說和動畫，這些手辦，全是有關喵喵的。你們族人的魅力可真大呢。」

「你還是替自己擔心吧，再過不久，你們人類就會全部變成我們的口糧了。」嵐諷刺著，牠的眼睛在四周繞了一圈，人性化的皺眉。「變態！」

「我覺得奇怪，就算人類主動湊上去讓貓吃，貓就真的下得了嘴嗎？」我疑惑道：「只聽說過野狗吃人，沒聽說過貓也吃人的。更何況，你們最近不是不缺食物嗎？」

「我也在奇怪！」肥貓用肉乎乎的爪子在趙亮的床上撥了撥，「我族被人類馴化了三千五百多年，可其實從來也沒有真正馴化過。不過人類，我們確實不會吃。所以當自己確定這傢伙是被我族吃掉的，心情比你更複雜更震驚。」

「沒看出來。」我撇嘴。

「閉嘴！有妖氣！」嵐突然抬頭，目光直視窗外。「誰，給我滾出來！」

說時遲那時快，外邊樹影婆娑的地方一道灰暗的身影一閃而逝。貓妖尖叫一聲，背上的毛全部豎起，牠完全沒理會我，如閃電般追了過去。

我罵罵咧咧地跟在牠後邊，好不容易才根據這傢伙消失的方向找到牠。

嵐正跟一隻灰色的貓對峙著。就算自己看不到，也能感覺到周圍的氣氛變得十分壓抑，原本清涼的月色在無形妖氣中變得殷紅，彷彿隨時會滴出血來。

月光照在地上，將兩隻貓照亮。嵐的身後有七條尾巴，而那隻灰貓，居然有八條。

「你，就是幕後主使？」肥貓死死盯著對方看。

灰貓嘆了口氣，「我不是。」

「我憑什麼相信你？」嵐的視線中滿是恨意，恨不得將對方活剮。牠的恨不單純，我不覺得牠僅僅是因為死了人類和同類才憤怒。

灰貓不屑道：「因為你打不過我，我也沒有必要騙你。」

嵐頓時如同洩氣的皮球般鬆懈了下去，「那你為什麼會出現在趙亮的房子外？」

「因為他曾經餵過我，我想知道，究竟是誰殺了他。」灰貓頓了頓，語氣裡滿是複雜情緒。

嵐用邪氣十足的貓瞳一眨不眨地看著牠，最終擺了擺爪子。「你走吧，有什麼線索，通知我。」

灰貓點點頭，以自己完全看不清的速度消失了。我撓撓頭，沒好氣地問：「你就這樣放牠走？萬一牠撒謊呢？」

牠斜著眼，不耐煩地說：「妖怪的世界很單純，弱肉強食。遠遠沒有人類那麼複雜，牠確實沒有騙我的必要。」

我啞然，好半晌才道：「看來線索又斷了！」

「你先回去休息，白天在人類世界找找線索。我們明晚再繼續。」嵐直視著夜空，瞳孔反射著冰冷的幽幽光澤。低啞的聲音落地後，整個身體已經飛射離開，轉眼就扔下我一個人在空蕩蕩的街道上。

我哆嗦了幾下，直罵牠沒義氣。午夜的世界，猶如翻滾著無數恐怖事物的泥潭。老實說一個人待著，確實有些害怕。

自己不敢多留，急忙朝家跑去。

5

要說考驗這種東西，確實不算個東西。自己家似乎跟某個異空間鏈接上了，我隨便胡思亂想都能莫名其妙地被扔到妖怪借貸公司的棉花糖木地板上。折騰了一夜，最終筋疲力盡。

女僕紫炎和冰美人完全將我的家佔據了，一覺醒來，就看到紫炎忙活著做早飯。而冰美人又賴在我床上，抱著我的胳膊睡得稀哩呼嚕。

這叫神馬事啊！

頂著碩大的黑眼圈，在上學路上，我仍舊回憶著臨走前，紫炎對我說的話。她說嵐的委託是對我的考驗，自己只能一個人搞定。成功了，我才是妖怪借貸的老闆，副職，有許多福利。

失敗了，契約會自動消失。

還沒等自己高興，暗自腹黑著準備出工不出力，紫炎的最後一句話卻將我的心打到了馬里亞納海溝一千一百零三十四公尺深的海底。

因為她說，契約失敗後，只意味著一件事——死亡！

死的不是別人，而是我。

過分的霸王條款，最令人氣憤的是，簽合約時，我怎麼就沒將條款看清楚呢？現在後悔早就已經晚了。

沒有辦法之下，我只能奮起拚命地為自己的小命尋求生機。學校是個小社會，不要看大家都只是高二生，但是聽每個人八卦出來的訊息，還是能得到很多小道消息。今天各個班級談論最多的，仍舊是趙亮的死。附帶的，我也耳聞了最近似乎陸續出現了好幾起死因相同的兇案。

大家恐懼地猜測是否有某個連環殺手在作案，可只有我清楚真相。那些人，全都是被貓咬死，吃掉了！

可既然有充足的食物來源，貓，為什麼還要吃人呢？這始終是我跟嵐，完全弄不明白的問題。

一連幾天，我白天收集人類方面的線索，而嵐在城市裡到處竄，想要挖掘出兇手。晚上牠趴在我腦袋上，一個接著一個的搜查疑似被貓吃掉的受害者的家。雖然犯人仍舊沒有找到，可倒也不是一無所獲。

我的收穫，令自己觸目驚心。甚至讓我氣憤不已。

「人類受害者，似乎都很喜歡貓。」又是一個午夜，我帶著嵐看完兇殺案現場，終於忍不住開口了。「五天時間，死了三十多個人類。他們之間沒有任何明顯的關聯，死亡地點也很分散，甚至有人在同一時間死掉。如果兇手真是同一隻妖怪的話，除非牠會分身術。」

「你的意思是，兇手是集團作案，不止一個？」貓妖不太滿意我的結論，「可我在每個現場，都聞到了同樣的妖氣。」

「你活了七千年，有遇到過相同妖氣的怪物嗎？」我問，都說年齡會積累見識和經驗。有了七千年的經驗，這隻肥貓應該知道些什麼才對。

可嵐卻疑惑地搖頭，「我聞所未聞，從沒嗅到過同樣的味道。」

「那就沒轍了。」我嘆了口氣，「都說貓不是會感恩的生物，從前我不信，現在倒是信了。這些死掉的人，都是愛貓人士。他們有的辛勤工作、捨不得吃喝，但仍舊大手大腳地買貓糧每天飼養流浪貓。有的抽出可憐巴巴的養老金，買貓喜歡吃的食物，每天都放在固定的場所，就是害怕被人遺棄的貓兒餓死。可最後的下場，卻是被自己所愛的生物當成口糧，殘忍地吃掉。」

我看了嵐一眼，「你還說人類殘忍，恐怕最殘忍的，是你們貓族才對！」

「你，再給老娘，說一遍！」白色波斯貓憤怒地從我頭頂跳下來，牠豎立的瞳孔猛地放大，沙啞的聲音甚至變了音調。

「難道不是嗎？」我冷哼一聲，「對你們殘忍、拋棄了你們的人沒有受到處罰。反倒是好心餵養你們，跟你們最親近的人類死掉了。」

「不是這樣的，不應該是這樣的。」嵐死死地跟我對視，可最終移開了眼，牠喃喃地說著，失魂落魄，不知所措。

就在這時，一道灰影從我們眼前閃過。那道速度有如光電的身影看起來有些熟悉，彌漫的妖氣甚至將整個夜色都熏得無比壓抑。

「追！」嵐的身體竄出，這一次牠沒有忘記我。這傢伙叼住我的衣領，正在自己不知道牠想幹嘛時，我整個人飛了起來。眼前的一幕極為滑稽，體型肥胖的我被只有我幾個手掌大小的貓帶著在天上飛。

風景不斷後退，沒等自己回過神，嵐已經一揚脖子，將我扔在地上。牠緊張地盯著不遠處的那道灰影，滿臉警戒。

「是那隻有八條尾巴的灰貓。」我撐起身體，不滿地揉屁股。眼前的灰貓在一條骯髒的小巷子裡，身體僵直，頭以四十五度角望著天空，一動也不動。

「小心點，牠有些古怪。」嵐背脊上的白毛全都豎起，如臨大敵。

這條巷子極為偏僻，地上流淌著惡臭骯髒的陰溝水。塑膠袋和垃圾四處可見。灰貓似乎感覺不到我們的存在，只是默默等待著什麼。沒過多久，陸陸續續又竄出一大群貓，將整個小巷子擠得水泄不通。

「這是怎麼回事？」我滿臉疑惑。所有的貓都不太正常，僵硬的身體，一聲不吭。上百隻貓就這麼安安靜靜的，沒有任何一隻看向自己跟嵐，就彷彿我們只是一團空氣。牠們仰頭等待著什麼。

嵐用特別的音調喵叫了幾聲，不過身旁的貓沒有回應。牠揚起爪子，將其中一隻搧飛。那隻貓撞到對面的牆上，彈了幾下，掙扎著從地上爬起來後，仍舊保持著剛才的姿勢。

「我無法跟牠們交流，奇怪了，通常這些小崽子們都很聽老娘的話。」肥貓瞇著眼，焦躁不安。

「看樣子牠們肯定被什麼東西控制了。」我向後退了好幾步，直覺告訴自己，最好離這詭異的地方越遠越好。

「同感。」嵐十分不解，「控制牠們的究竟是什麼玩意兒？我根本就聞不到其他的妖氣。」

突然，我看到了些什麼，猛地口乾舌燥起來。「總之我雖然不清楚怎麼回事，可，這些貓的目的，恐怕是為了那些人。」

巷子另一頭，影影綽綽地走來了十幾個人。的的確確是人類。作為食物鏈最頂端的人類彷彿殭屍似的，走路搖搖擺擺，黑暗的巷子裡只有從外界射入的隱約燈光，自己居然能清楚地看到那些人臉上的表情。他們沒表情，沒有睜眼，甚至沒思維，恍如夢遊。

貓群主動讓出了一條路，人們以慢鏡頭走到最中央，然後用手抱著頭，輕輕地躺在地上。

剛躺下，貓群就像沸騰的水般波動起來。牠們紛紛怪叫著，露出尖銳的牙齒撲過去。貓吃人的場景，就要在自己的眼皮子底下上演了。

我手腳發冷，不知道該如何阻止。活了八千年的灰貓速度最快，牠跳起，咬向了其中一人的脖子。牠身上散發出的妖氣將身旁的貓排斥開，也將自己死死壓住，無法動彈。

「喵~嗚!」嵐尖叫一聲,身上的毛根根豎立。一股肉眼能見的透明波動自牠的位置衝擊出去,接觸到的貓全都毫無反抗地暈過去。

那隻灰貓被打擾了進食,不滿地轉過頭來。牠的眼睛閉著,全身都呈現不正常的姿勢。就連妖氣也不受自己控制,而是自發地往外飄散。

「這個比你多活了一千年的貓妖,也被控制了。」有嵐在我身前對抗無形的壓力,我終於恢復了活動能力。

「恐怕情況比我想的更糟糕。」肥貓一字一句地說:「控制這些貓和人的妖怪就在牠身上,我盡力阻止牠,你想辦法觀察牠身上有沒有什麼異物!」

「沒問……」還沒等我說完OK,兩隻貓妖已經動了。一灰一白兩道身影如同兩道電流,以人眼根本無法捕捉的速度糾纏、互相攻擊。一瞬間我罵人的心都有了,這種快動作,自己拿什麼去觀察。

我只是人類,善良普通的正常人類,不是超人!

電光石火的速度,孔雀開屏的尾巴全都投影在我的眼中,糾結得如同亂麻。妖力較強的灰貓因為沒有意識,所以嵐勉強能打個平手。可是隨著時間推移,牠開始漸漸落了下風。一千年的時間,不是光靠意志能填滿的。我焦急地看著這兩團超出我能力的影子,眼睛都發痛起來。

可仍舊，什麼也看不到。

「喂，嵐，別指望我了。」我無奈道：「乾脆等牠吃人時，偷襲牠吧。總之這傢伙也沒理智。」

「我忘了你只是個普通人。」貓妖罵道：「沒出息，你就這麼對自己的同類嗎？」

「你以為我願意，但我能做什麼？」我鬱悶地走過去，準備將躺地上的十多人全部拉出小巷子。「我把他們弄走，你再撐一下。然後我們乾脆先逃了，再找一隊人過來滅了牠？」

「來不及了，我快撐不住了！」嵐尖銳地慘叫著，白色的影子上染了一層血紅。

我撓撓頭，「這樣啊，那我先逃了喔！」

「滾回來，老娘可是你的委託人。我死了，你也活不了。」嵐氣得破口大罵。

「這樣也不行，那樣也不行，你說，我這個普通人該怎麼做？」我也惱了，回罵道。

突然，灰貓的背上發出「噗哧」一聲輕微的笑。

我頓時眼前一亮，有東西在八尾貓怪的背部，而且他的思考並沒有被控制。難道那東西便是幕後的黑手？話說，這妖怪的笑點似乎有些低，居然在工作時，還被我跟嵐的對話逗笑了。

「嵐，盡量跟灰貓分開！」我吩咐道。

肥貓雖然不明白我想幹嘛，但還是依言行動。牠欺負灰貓沒有思考能力，輕巧地跳了出來。嵐的右前爪已經折斷了，耷拉著拖在地上。而灰貓的毛髮雖然亂糟糟的，可並沒有受傷。

兩隻貓喘著粗氣，隔著不近的距離。嵐死死盯著牠，而灰貓感覺沒有東西再糾纏牠，便轉身準備繼續去吃大餐。

巷子中，沉寂在了短暫的死寂中。

「喂，妖怪。」我衝著灰貓的背大喊著：「你知道吐著舌頭是不能呼吸的嗎？」

嵐差些氣瘋，牠以為我瘋了。

沒等幾秒，就有個細細尖尖的聲音傳來。「騙人，明明能呼吸啊！」

「就在那裡！」我一把將剛才偷偷撿起來拽在手裡防身的板磚扔了過去。灰貓向空中一跳，閃躲開。不過已經晚了，說時遲那時快，嵐如夏夜閃電，一舉將灰貓背部的妖怪打了下來。

那隻妖怪很小，只有指頭大。摔在地上發出難聽的「吱呀」慘叫。它通體綠色，摸著屁股慌慌張張地拔腿就想逃。

「晚了，白痴。」我伸出腿，死死地踩著它。「你又不是人類。」

「人類，騙子，人類！」它掙扎著，尖銳憤怒地吼道。白色波斯貓落在它身旁，露出牙齒，用冰冷的眼睛看著那妖怪。

「這是什麼東西？」我問。

「是一種寄生怪。被它寄生的妖怪，會因為精力被吸盡而死。不過在死前，被寄生的妖怪妖力會大增。」嵐冷笑著。

「所以那隻灰貓？」

「死了！」嵐說著，一眨不眨地看著寄生怪。

「我是無辜的。」寄生怪連忙舉手澄清，「灰貓自己主動找上門讓我寄生，說是要替餵過自己的一個男孩報仇。我跟這件事一點關係也沒有！」

「哼，滿嘴謊言。你有能力控制別的妖怪，雖然不明白你為什麼要讓貓族吃人，可是，都結束了。我不想要解釋，只想要結果！」嵐揚揚嘴，一腳將寄生怪踩爆。

同一時間，周圍暈倒甚至死掉的灰貓身上，響起絡繹不絕的爆炸聲。每隻貓的肚子都裂開來，模糊的血液內臟流了一地。甚至有些噴到了我臉上。

這詭異的現象十分噁心。

我用袖子擦掉臉上的血肉，心裡卻全是迷惑。

事情真的結束了嗎？總覺得，哪裡還有些不對勁兒！

6

再看到嵐，已經是幾天之後了。

那是一個墓地。陽光很明媚，牠懶洋洋地躺在某個墓碑上，舒服地伸著懶腰。墓地裡沒人，所以當我靠近時，牠才睜開眼，看著我。

「老闆娘讓你來的嗎？我晚上就去結帳，跑不了。」肥貓揚著肥肥的爪子，擋住太陽。

「我一直很奇怪。」我看著牠身下的墓碑，撇撇嘴。「七千年的壽命意味著什麼，今天自己才從紫炎的嘴裡知道。壽命代表著一個妖怪的妖力，失去了全部妖力的你，會變成普通的貓。最多再活七八年，便會老死。值得嗎？」

「值得！」嵐斬釘截鐵地說。

「為了她？」我努嘴。墓碑上貼著一個年輕女孩的照片，大約二十多歲，長相普通。

嵐沉默了一下，最後喃喃道：「你不懂。」

「那，你告訴我。」我將手裡的花，放在墓前。

「遇到她時，是五年前。我被一隻妖怪重傷，危在旦夕，是她救了我。」肥貓言簡意賅，「我發誓，不讓她受到傷害。可惜我，食言了。」

「她，是被貓吃的？」我問。

「沒錯。自己因為一件事臨時出去了一趟，她很愛貓，每天都會定時去餵公園的流浪貓們。可突然一天，去了就再也沒有回來。最後被發現死在公園的草叢中，身體已經被啃食得差不多了。」

「所以，你才用自己的命，去實現自己的承諾？」我的臉抽了抽，有些感動。「雖然這種故事已經爛大街了。不過你倒是讓我刮目相看，你們貓，也並不是那麼忘恩負義的生物。」

「當然，我們貓族，比你們人類有情有義得多。」嵐自傲地昂起頭，「還是要謝謝你。作為人類，你做得已經很不錯了。」

「你的表揚，怎麼聽起來那麼彆扭。」我頓了頓，「最近幾天，貓都變得正常了。也沒有動物主動湊上去當你們的食物，怎麼樣，會不會不適應？」

「白痴，貓就應該自由散漫，無拘無束。捕食是我們的天性！」嵐哼了一聲，「總之，事情解決了，我的仇也報了，沒什麼不好的。我打算盡情地享受自己剩下的幾年光陰。活了七千年，也累了。」

我撓撓頭，將心裡的話嚥下去。總覺得事情沒那麼簡單，可是妖怪界的事情自己也只是初次涉入，不太懂。也許，真的沒自己想的那麼複雜呢？畢竟，城市已經恢復了往常，流浪貓再次佔領盤踞在各大酒店的垃圾桶邊。

是啊，一切都恢復了。我應該通過冰美人的考驗，升級為正式老闆，順利保住小命了吧！

和嵐辭別，正準備離開墓地。突然腦袋暈了一下，感覺靈魂都被抽空了似的，但是轉眼間，意識深處冒出了一個窈窕的影子，她冷哼一聲，蓮藕般的手臂在空中一揮，自己頓時恢復了回來。我摸著腦袋，有些不明所以。自己敢確定，剛才我的大腦裡確實閃過了冰美人的模樣。

還沒搞清楚是怎麼回事，猛地，身後掀起一陣強烈的風，巨大的風壓令周圍的墓碑在瞬間粉碎，化為微粒粉塵，飄散無蹤。

我被摔了出去，好不容易才爬起來。

只見嵐不知為何失控了，牠的四肢僵直，甚至不斷地顫抖著。大大張開的嘴中，不但露出了鋒利的牙，還流了一地的哈喇子。牠的眼神冰冷，彷彿不認識我，只是盯著我，一直盯著我。神色中暴露出赤裸裸的欲望，對食物的欲望。

怎麼回事？為什麼牠的模樣和那晚的那些貓一模一樣？難道，寄生怪真的不是幕後黑手，而是其他的緣由？嵐已經被控制了，牠明顯將我當作了食物。

「喵～嗚！」肥胖的波斯貓以難以描述、正常人根本無法躲開的速度朝我撲過來。我嚇傻了，不知所措。

可牠在半空時，以詭異的姿勢強自落下。嵐艱難地控制著已然快要消失殆盡的意志，緩慢痛苦地說：「快、逃。我就要，忍不住，吃掉你、了！」

「我，逃得掉個屁！」我忍不住破口大罵，一邊罵一邊拔腿逃。沒走幾步，嵐已經完全失去了意志，牠肉嘟嘟的身體迅速追上我，將我撲倒。自發飄散的妖氣將一路上的墓碑都刮倒，「劈哩啪啦」的響聲震耳欲聾。

我隨手拿起一塊墓碑碎片將牠搧開，在生命受到嚴重威脅時。大腦以前所未有的速度運作著。最近發生的事件，事無巨細，通通都在腦中過了一遍。既然寄生怪不是真兇，那麼真兇，到底是什麼？

有什麼能控制老鼠、狗，甚至人類，讓他們通通自願變成貓的食物，主動送到貓嘴邊？這樣做有什麼好處？

好處！對，世間的一切都是趨利的，什麼東西在貓得到食物後，獲利最大呢？突然，我眼前一亮。

對了，記得自己曾經讀過一篇論文。講的是為什麼人類會喜歡貓。論文的論點十分標新立異，提及了一種寄生蟲，一種稱之為剛地弓形蟲的瘋狂的原生動物。它們寄生在大部分的溫血動物體內，對貓更是情有獨鍾，因為它們在貓體內能夠進行有性繁殖。

為了回到貓科動物的體內，這種寄生蟲控制老鼠以及其他被感染的動物的行為。它們能夠使老鼠不怕貓尿，甚至會對牠有性吸引。

為了完成弓形蟲的生命週期，被感染的動物通通會被貓吃掉。沒有人確切地知道它們是怎樣進行這種精神控制的？但宿主的行為確實是寄生蟲對其腦部某些區域的直接物理作用。

據估計，有三分之一的人類喜歡貓，所以當初有個理論說，經常接觸貓的人其實已經被剛地弓形蟲感染了。所以那些人才那麼喜歡貓？

這就形成了一個很耐人尋味的問題，所有愛貓的人是不是被寄生蟲腐壞了的神經病？人類會不會最終想要被貓吃掉？

其實不用太多的懷疑，事實已經擺在了我面前。紫炎說世間所有的一切，時間久了，便會變成妖怪。既然石頭草木都能成為精怪，那麼寄生蟲呢？剛地弓形蟲會不會也因為某種原因成了妖？

它控制生物送到貓嘴中，又勾引起貓赤裸裸的食慾。就連活了幾千年的貓妖也不能倖免。因為本能，妖怪也有。而寄生蟲，為的是繁殖？

我回憶起了那晚，所有的貓屍都同時爆開，這完全就是將剛地弓形蟲的幼蟲拋離出去。而自己確實也沾到了些許血肉，就在那晚，我其實已經被感染了。

嵐發瘋似的咬向我，餓死鬼投胎般，想要將我整個撕碎，吞進肚子裡去。我拚命掙扎，自己都奇怪自己居然撐了那麼久。

「寄生蟲就在我身體裡，究竟在哪？」我強自鎮定，飛快地思索著。論文中並沒有提及，剛地弓形蟲寄生的位置。可是大腦卻莫名其妙的感覺到有一塊異物，在左臂靜靜潛伏著。

危機之下，我不敢猶豫。胡亂在地上亂摸著，好不容易找到一片鋒利的玻璃。忍著痛刺進上臂的肉裡，準確地找到那塊異物，將其割下來後扔了出去。

嵐肥胖的身體在空中轉了個彎，然後拚命朝那塊肉撲去。

我對牠已經完全沒有了吸引力。

自己扯掉上衣袖，將傷口包紮好，止住血。右手撿起一塊重重的墓碑碎片，我拚命朝咬著藏有剛地弓形蟲的血淋淋的肉的嵐揙過去。

一下、兩下、三下。

等到自己的手都麻了，忍不住快要放棄時，這傢伙才眼睛一翻，暈了。

我將牠倒提起來，腳步蹣跚地朝最近的獸醫診所走去……

尾聲

「沒想到寄生蟲也能變成妖怪。」紫炎嘖嘖稱奇，在一本厚厚的泛黃的卷宗上記錄下這次的委託。「於是你帶嵐去了獸醫診所？」

「沒錯，從牠體內取出了一千多顆蟲卵，嘴裡還有一隻已經死掉的，足足有十多公尺長的母蟲。」我掏出一個針線盒子，母蟲雖然長十多公尺，可是很細，細得有如線。

紫炎接過去聞了聞，「有妖氣，這噁心的東西確實變成了妖怪。」

美女僕人將針線盒扔進卷宗裡，只見白光一閃，化為妖物的剛地弓形蟲就成為了紙上活靈活現的筆墨畫。

「嵐呢，沒死吧？」她漂亮的臉上流露著財迷的風采，「這隻懶惰的貓妖還沒結帳呢。」

「牠肚子上縫了幾針，內臟也被割掉了幾塊。不過都是小Case。」我撇撇嘴，「牠可是隻活了七千年的妖怪。」

「恭喜老闆，您順利通過了考驗。」紫炎笑咪咪的，為我端起一杯茶。「有什麼問題，請您隨便問。」

我揉揉脖子，真的等待謎底揭曉時，自己似乎反而覺得沒什麼所謂了。不過有一件事，終究還是在意的。

我轉頭，看向冰美人。

「美女，妳自稱是我的主人，騙我簽合約也就罷了。每天都跑我床上秀裸體，我也大人不計小人過了。」我注視著她，一寸不讓地和安靜坐在沙發上的她對視。「能不能告訴我，妳的名字？」

三無冰美人許久沒有開口，許久，她才將白皙手中捧著的杯子放下，紅潤小巧的嘴唇輕輕吐出了幾個字。

「記住，吾名為

——知曉！」

隨著她清冷的聲音落地，在我的意識裡，彷彿整個宇宙都在這個名字中，顫抖起來。

夜不語作品 44

夜不語詭秘檔案 117：塵世道

國家圖書館出版品預行編目資料

夜不語詭秘檔案117：塵世道／夜不語 著.
一 初版. 一 臺北市：春天出版國際，2021.06
面；　公分. 一（夜不語作品；44）
ISBN 978-957-741-349-9（平裝）
857.7　110007783

ISBN 978-957-741-349-9
Printed in Taiwan

作者　夜不語
封面繪圖　Kanariya
總編輯　莊宜勳
責任編輯　黃郁潔
美術設計　三石設計

出版者　春天出版國際文化有限公司
地址　台北市忠孝東路四段303號4樓之1
電話　02-7733-4070
傳真　02-7733-4069
E-mail　story@bookspring.com.tw
網址　http://www.bookspring.com.tw
部落格　http://blog.pixnet.net/bookspring
郵政帳號　19705538
戶名　春天出版國際文化有限公司
法律顧問　蕭顯忠律師事務所
出版日期　二〇二一年六月初版
定價　180元

總經銷　楨德圖書事業有限公司
地址　新北市新店區中興路二段196號8樓
電話　02-8919-3186
傳真　02-8914-5524

夜不語
詭秘檔案

夜不語
詭秘檔案